Für die [illegible]
[illegible]
Gruß
Elke

Elke Stölting

Liebe, Freundschaft und ein Mord

Originalausgabe – Erstdruck

Elke Stölting

Liebe, Freundschaft und ein Mord

Kriminalroman

Schardt Verlag Oldenburg

Bibliographische Information der Deutschen Bibliothek:

Die Deutsche Bibliothek verzeichnet diese Publikation in *Der Deutschen Nationalbibliografie*; detaillierte bibliographische Daten sind im Internet über *http://dnb.d-nb.de* abrufbar.

Titelbild: Rainer Griese, Troisdorf

1. Auflage 2010

Schardt Verlag
Uhlhornsweg 99 A
26129 Oldenburg
Tel.: 0441-21 77 92 87
Fax: 0441-21 77 92 86
E-Mail: kontakt@schardtverlag.de
www.schardtverlag.de
Herstellung: DPG, Erlangen
ISBN 978-3-89841-520-0

Erstes Treffen der drei Freundinnen

„Ich schreibe gerade einen Krimi!"

Dagmar wirft diesen Satz ganz lässig in die kurz entstandene Pause, die nach dem ersten Schluck Tee eintritt. Bella reagiert gar nicht und guckt weiter sinnend auf den Kuchen auf dem Couchtisch als überlege sie, mit welchem Stück sie anfangen will, aber Judith zieht sofort die Augenbrauen hoch und fragt: „Warum denn das?"

„Das kann ich dir nicht sagen. Ich hatte einfach eine Idee, die ich selbst spannend fand, und dann habe ich mich hingesetzt und angefangen, das aufzuschreiben, und nach ein paar Seiten spann sich die Geschichte von alleine weiter, weil die Figuren anfingen, ein Eigenleben zu führen. Ich musste nur noch aufschreiben, was mir zu ihnen einfiel."

Jetzt wird auch Bella aufmerksam. „Ach, so einfach geht das? Hätte ich nicht gedacht. Um was geht es denn da? Kann man das schon mal lesen?"

„Nein, so weit bin ich noch nicht. Ihr müsst noch ein bisschen warten. Aber ich kann euch ja schon mal sagen: Es geht um eine Frau, die ein Verhältnis mit einem verheirateten Mann hat, und die kommt per Zufall einem Verbrechen auf die Spur, so dass sie selbst in Gefahr gerät."

„Verhältnis mit einem verheirateten Mann. Daggi, wie unoriginell! Ist das dein eigener heimlicher Wunsch? Pit zu betrügen?"

„Ach was, das hat mit Pit doch nichts zu tun! Diese Konstellation ist einfach notwendig, damit die Hauptperson, also die Detektivin, letztlich einen Grund hat, ihre Wohnung aufzugeben."

„Ich verstehe keinen Piep", sagt Bella. „Muss man die Wohnung kündigen, wenn man ein Verhältnis hat?" Sie guckt unschuldig in Dagmars etwas angestrengt wirkendes Gesicht. Die holt tief Luft und erklärt: „Nein, das ist so: Elsa, die Detektivin, will das Verhältnis beenden, weil sie es so demütigend findet, darauf zu warten, dass ihr Geliebter sich von seiner Frau trennt. Der kündigt das zwar immer an, aber er tut es nicht. Und irgendwann reicht es ihr alles, und sie ...“

„Ich könnte das auch nicht, immer darauf warten, dass sich da mal einer endgültig für mich entscheidet, da würde ich vielleicht auch lieber die Beziehung beenden“, sagt Bella und schiebt den Tortenheber unter ein Stück Käsekuchen. „Das geht doch sehr ans Selbstwertgefühl, wenn man immer den Eindruck hat, man ist nicht ganz die Richtige. Und so komisch das klingt, aber mir täte die Frau des Geliebten auch irgendwie leid.“

Judith grinst ein bisschen und sagt mit belustigter Stimme: „Außerdem könnte man ja selbst nie so ganz entspannt mit dem Typen zusammen sein, wenn der sich dann doch für einen entscheiden sollte, weil man immer annehmen muss, dass der das mit einem selbst auch tun könnte. Also, einen verlassen, wo er das doch nun schon einmal getan hat.“ Sie schiebt sich ein Kuchenstück in den Mund und kaut genüsslich.

Sie selbst hat diesen Kuchen gebacken, wie jedes Mal, wenn die Freundinnen sich einmal im Monat treffen. Seit gut einem Jahr pflegen sie diesen Brauch, weil es einfacher ist, so eine Verabredung zur Regel zu machen, anstatt auf günstige Gelegenheiten zu warten.

Die drei Freundinnen treffen sich immer bei Judith, weil sie am wenigsten mobil ist: Ohne Führerschein ist sie auf den öffentlichen Nahverkehr angewiesen, aber seit sie eine schmerzhafte Nervenentzündung im rechten Fuß hat, kommen Dagmar und Bella immer zu ihr, Letztere mit dem Auto aus Bottrop, und Dagmar fährt mit der S-Bahn von Dortmund nach Bochum. Nur wenn Dagmar oder Bella (eigentlich Isabella, aber das sagt kein Mensch zu ihr, nicht mal ihre Mutter) Geburtstag haben, treffen sich die drei bei derjenigen, die es zu feiern gilt.

„Hast du denn schon selbst mal ein Verhältnis mit einem verheirateten Mann gehabt, oder wie kommst du auf so eine Idee?“ fragt Judith interessiert.

„Ja, aber das ist schon lange her. Dieses blöde Gefühl, hingehalten zu werden oder in einer Liebesbeziehung nicht so ganz auf seine Kosten zu kommen, das kennt aber doch jeder, stimmt's? Auch ohne Verhältnis. Und man muss schließlich nicht alles selbst erlebt haben, was man beschreibt, da hätten wir ja sonst ein Heer von Mördern unter uns.“

Die drei lachen, aber Judith mehr darüber, dass Dagmars „unter uns“ klingt wie „unter uns Schriftstellern“, was sie einfach zu hochgestochen findet, wenn jemand gerade mal ein paar Seiten niedergeschrieben hat, weil sie oder er eine Idee hatte. Judith, die ehemalige Anwältin, jetzt seit ein paar Jahren zu Hause, hat einen wachen, kritischen Geist und ein untrügliches Ohr für Zwischentöne in der Unterhaltung.

Bella lacht, weil sie die Idee, Autoren mit potentiellen Mördern gleichzusetzen, einfach abwegig findet. Solche fantastischen Ideen haben nur Judith und Dagmar, Bella hält sich eher an die Realität und findet, dass sie unter einem Mangel an Fantasie leidet. Als Sportlehrerin, die sie einmal war, bevor sie in Frühpension ging, ist ihr Leben immer noch von viel Bewegung im Alltag bestimmt: Walken, Tennisspielen und Tanzen gehören ebenso zu ihren Leidenschaften wie Skilaufen im Winter. Entsprechend sportlich ist ihre Figur, für eine Frau Anfang sechzig geht sie glatt als Fünfzigjährige durch.

Dagmar ist die schmalste und kleinste der drei Freundinnen und die einzige, die noch arbeitet, nämlich als Bibliothekarin. „Aber nicht mehr lange“, sagt sie auf Befragen hin immer. Und danach pflegt sie einen tiefen Seufzer auszustoßen. Die Freundinnen wissen, worauf sich der Seufzer bezieht: auf die lieben Kolleginnen mit ihren Macken und unerträglichen, egoistischen Ansprüchen. So manches Treffen stand unter diesem Thema; Dagmar rechnet es den Freundinnen hoch an, dass sie sich immer wieder auf diese langweilige, quälende Diskussion einlassen.

„Daggi, du kannst uns ja das, was du geschrieben hast, schon mal zuschicken, per Mail, meine ich. Dann sind wir immer auf dem neuesten Stand und können dir gleich Rückmeldung geben, wie wir das finden, was du schreibst." Bella nickt zu Judiths Vorschlag, und Dagmar legt die Stirn in Falten.

„Ja", sagt sie langsam, „das ist vielleicht keine schlechte Idee. Ihr könntet mir gleich sagen, wenn was unglaubwürdig oder sogar falsch ist. Du findest bestimmt was", wendet sie sich an Judith. „Wenn ich da sitze und schreibe, bin ich nämlich nicht in der Lage, meinen Text kritisch zu lesen. Wenn der Computer mir nicht den Hinweis gäbe, dass die Orthographie falsch ist, ich glaube, ich würde das gar nicht merken, weil ich so sehr inhaltlich denke. Also gut, ihr Lieben: Ich schick euch den ersten Teil. Aber macht mich dann nicht fertig, ich brauche konstruktive Kritik, sonst gebe ich das gleich auf. Habt ihr gehört?" Lächelnd schaut sie Judith und Bella an.

Und Judith hat natürlich wieder zwischen den Zeilen gelauscht und Dagmars echte Besorgnis wohl vernommen.

„Wir werden deinen Text in der Luft zerreißen", sagt sie und legt kurz ihre Hand auf Dagmars Arm. „Und wenn du jetzt nicht noch ein Stück von meinem Kuchen isst, bin ich hochbeleidigt."

Montag, den 9.04.1984, morgens

„Gebrauchte Möbel (Sofa, Sessel, Esstisch, Stühle und Regale, Gardinen und Teppiche) an bedürftigen Studenten zu verschenken."

Elsa trat einen Schritt vom schwarzen Brett zurück, das übersät war mit Zetteln, Autoanzeigen und Wohnungsgesuchen, und betrachtete in Ruhe ihren maschinengeschriebenen Text. Sie hatte ihn mit Buntstift rot umrandet, um ihn aus der Fülle der Aushänge hervorzuheben.

Ein schwarzer Rand wäre eigentlich passender, dachte sie mit einem Anflug von Galgenhumor.

Sie wandte sich um, verließ das Psychologische Institut der Ruhr-Universität und stapfte die Treppe nach oben in die Cafeteria. Dort begann das morgendliche Leben: Kaffeeduft mischte sich mit dem Geruch nasser Kleidung; vereinzelt saßen gebeugte Gestalten an den kleinen Tischen vor ihren dampfenden Bechern. Elsa erwog kurz, hier auch einen Kaffee zu trinken, verwarf aber den Gedanken nach einem Blick auf die Uhr über dem Buffet. Schon Viertel nach acht, der erste Patient war für halb neun angesetzt. Sie schob den Riemen ihrer Umhängetasche über die Schulter und ging zum Ausgang.

In der Drehtür drückte ein riesig langer Mensch mit müden Augen und prall gefüllter Stofftasche die Tür in die falsche Richtung. Elsa wartete ab, bis er seinen Fehler erkannt hatte, und eilte zum Parkplatz, wo sie ihren alten Renault 8 abgestellt hatte. Um diese Zeit gab es auf dem Parkplatz noch Lücken, ab neun Uhr war in der Nähe der Gebäude GA und GB Süd kein Plätzchen mehr zu finden.

Während sie Richtung Innenstadt zu ihrer Praxis in die Alsenstraße fuhr, ging sie im Geiste die Liste durch, die sie vor einer Woche geschrieben hatte: Kleider zum Roten Kreuz bringen, Auto und Zeitung abmelden, Versicherungen auflösen, Möbel verschenken und dann noch das Schwierigste: die Abschiedsbriefe an Jan, ihren Geliebten, und Jutta, ihre Freundin.

Die Liste war notwendig geworden, weil Elsa sich entschieden hatte, ihrem Leben am 8. August 1984 ein Ende zu setzen.

❖

„Elsa, der Schulte-Frey wartet schon!“

Hanna Zerban, Elsas Sekretärin, Empfangsdame und Kaffeeköchin, blickte besorgt von ihrer Schreibmaschine auf.

„Und die König hat den Zehn-Uhr-Termin abgesagt, wegen Migräne, sagt sie, und ob sie am nächsten Dienstag zur gleichen Zeit kommen kann. Ich hab sie also für den Termin eingetragen. Und Elsa“, Hanna packte Elsa am Arm, als sie an ihr vorbei ins Beratungszimmer schlüpfen wollte, „du solltest mal einen Blick in den Spiegel werfen, du siehst schrecklich aus. So müde!“

Hanna übte sich in Besorgnis, seitdem Elsa sie kannte. Bisweilen war das rührend, manchmal aber auch lästig gewesen, so wie jetzt. Heute wollte Elsa ihrer Sorge und ihren Tagesneuigkeiten lieber entgehen.

Ich will nichts mehr hören, dachte sie dumpf. Ich will nicht mehr. Du solltest mich mal von innen sehen.

Nur mit Mühe konnte sie ihr Gesicht kontrollieren, aber sie schaffte es, ein wenig zu lächeln und sagte zu Hanna: „Ist alles okay, habe nur schlecht geschlafen. Schick mal den Schulte-Frey rein."

Hermann Schulte-Frey, 22 Jahre alt, Sohn eines Hoteliers in Bochum, studierte katholische Theologie an der RUB und war vor drei Monaten zum ersten Mal bei Elsa wegen einer massiven Agoraphobie aufgetaucht. Er konnte keinen Platz und keine Straße mehr allein überqueren, ohne nicht vor Angst zu schwitzen und weiche Knie zu bekommen. Das hatte zur Folge, dass er sich nicht mehr alleine aus dem Haus traute, sondern nur in Begleitung zur Uni fahren konnte.

„Hallo Hermann", sagte Elsa ruhig zu ihm, als er sich auf seine typische Art durch die Tür wand.

Hermann setzte sich in den Sessel am Fenster und legte nervös ein Bein über das andere. Er saß auf seiner linken Hand, mit der rechten zupfte er an der kleinen Tischdecke, die nach Elsas Ansicht dem niedrigen Couchtischchen der Sitzgruppe ein gemütlicheres Aussehen verlieh.

„Heute hat mich meine Mutter hergebracht", eröffnete Hermann das Gespräch. „Eigentlich wollte mich Evelyn bringen, die studiert auch Theologie, ist aber ein Semester weiter als ich. Wir kennen uns aus einem Proseminar, aber meine Mutter hat gesagt, ich soll mich lieber nicht von Evelyn abhängig machen, da fährt sie mich doch lieber ..." Seine Stimme wurde leiser, und er verstummte.

„Sie mögen Evelyn und wären lieber mit ihr gefahren?"

Diese Mutter Schulte-Frey, so hatte Elsa längst für sich beschlossen, war ein subtiles Ekel, das ihr Söhnchen mit allen Mitteln an sich band. Ihre Gedanken schweiften ab, während Hermann redete. Sie dachte an ihre Tanzstundenzeit, bald dreißig Jahre war das nun her. Wenn sie mit dem Bus um halb zwölf nachts nach Hause kam, sah sie am Schlafzimmerfenster der Mutter, wie sich die Gardine bewegte. Sie hatte ihrer Mutter nie gesagt, dass sie von deren Aufbleiben und Warten wusste. Umgekehrt hatte ihre Mutter nie eine Bemerkung darüber gemacht, weshalb Elsa ihr heute noch dankbar war.

„Finden Sie nicht auch?"

Hermann beugte sich vor, starrte mit seinen runden, braunen Augen Elsa aus seiner geduckten Haltung an. Herrgott, wonach hatte er gefragt?

„Entschuldigen Sie, Hermann, würden Sie das bitte noch einmal sagen? Meine Gedanken waren eben noch bei Ihrer Mutter und deren Fürsorglichkeit Ihnen gegenüber."

Elsa bemerkte an sich, dass ihr ihre Unaufmerksamkeit nicht einmal peinlich war und ihre Notlüge ihr völlig zwanglos über die Lippen kam. Sie fühlte sich wie in einer Höhle von grauem Nebel, der in unendlicher Ödnis um sie herum waberte.

„Ich habe gesagt, irgendwie habe ich meine Krankheit richtig verdient, weil ich mich doch immer durchgemogelt habe, schon in der Schule. Dass ich jetzt nicht mal alleine zur Uni fahren kann, dass ich ja nicht mal alleine über die Straße gehen kann, das ist die Strafe dafür, dass ich noch nichts im Leben geleistet habe. Finden Sie nicht auch?" Wieder dieser Blick aus runden Augen, diesmal ein bisschen forschender als vorher.

Elsa dachte, wie fein Hermanns Mutter doch ihrem Sohn vermittelt haben musste, dass er nicht von ihr gehen dürfe: ihm erst das Selbstbewusstsein nehmen, und dann großzügig Hilfe anbieten. So hatte Hermann diese für seine Mutter nützliche Phobie entwickelt, er konnte sich nicht mehr frei bewegen, und alle konnten guten Gewissens von Hermanns bedauerlicher Krankheit reden.

„Das hört sich für mich so an, als ob Sie Ihre Strafe annehmen", bemerkte Elsa.

Hermann hob nun zu einer längeren theologischen Ausführung über den Begriff der Strafe im Alten Testament an, bis Elsa ihn unterbrach.

„Hermann, ich stelle mir vor, dass Sie auch einen Gewinn davon haben, mehr an Ihr Zuhause gebunden zu sein. Fällt Ihnen dazu etwas ein?“

Zu mechanisch gefragt, eine Intervention aus der Werkzeugkiste, ohne Engagement. Aber Elsa konnte kein Gefühl aufbringen, schon seit Wochen nicht mehr, sie funktionierte nur noch und hatte das Gefühl, mit der Therapeutin Martens nur noch durch einen dünnen Faden verbunden zu sein.

Die Stunde ist bald vorbei, dachte sie. Dann weiter mit dem Abarbeiten der Liste. Für Hanna ein Empfehlungsschreiben aufsetzen, damit sie wieder eine Stelle findet. Zuhören, Elsa! befahl sie sich.

„Gewinn?“ Hermann steckte ratlos wie ein Kind seinen Zeigefinger in den Mund. „Meine Mutter sagt, ich könnte doch zu Hause viel besser arbeiten als in der Institutsbibliothek. Sie sagt auch, sie wisse dann besser Bescheid, woran ich gerade arbeite, und das wäre doch eher gut.“

Elsa fragte sich, ob Hermann wohl hören konnte, wie sie mit den Zähnen knirschte über Claire Schulte-Freys Gewinn, der aber nicht Hermanns war.

„Das“, sagte sie so sanft wie es ihr unter Aufbietung aller Kräfte möglich war, „das ist eher ein Gewinn für Ihre Mutter. Aber was ist Ihrer?“

Hermann starrte das Bild an der gegenüberliegenden Wand hinter ihrem Schreibtisch an, eine Vergrößerung eines Urlaubsfotos aus heiteren Tagen: eine Wüstenlandschaft auf Fuerteventura, rötlicher Sand, weißgetupfte Wolken am blauen Himmel.

Ein Schleier schien sich auf seine Augen zu legen. Elsa bemerkte, dass ihm Tränen in die Augen stiegen, und schon kullerte eine erste nasse Perle über seine Wange. Er wischte sie unwillig weg. Wahrscheinlich hatte seine Mutter ihm gesagt, weinen sei unmännlich.

„Ja, sie sagt ...“ Er merkte, dass er wieder bei den Argumenten seiner Mutter war und nahm einen neuen Anlauf. „Also, na, sie ist dann zufriedener mit mir, wenn ich zu Hause arbeite. Das ist mein Gewinn. Vielleicht, wenn ich durchs Graecum komme, ist sie dann mal richtig zufrieden mit mir. Meine Mutter sagt immer: ‚Wenn du doch ein bisschen besser wärst im Studium, dann würdest du Papi und mir eine große Freude machen. Wir wollen doch nur dein Bestes.‘“

Aber das gebe ich dir nicht, ergänzte Elsa grimmig in Gedanken. Hermann würde sein Leben lang hinter den Ansprüchen seiner Mutter herhecheln und nie so gut werden, dass er der Liebe und Anerkennung seiner Mutter würdig wäre.

„Meine Mutter kontrolliert jetzt jeden Tag, ob ich die Griechischvokabeln lerne. Aber beim Lernen werde ich so unruhig, beinahe schon so wie auf der Straße, so dass ich gleich wieder alles vergesse. Dann muss ich mich wieder hinsetzen und neu auswendig lernen. Bis spätabends. Aber mein Kopf ist wie ein Sieb. Ich kann nichts behalten. Und in vier Wochen ist die Prüfung, meine Mutter fragt mich sogar die Vokabeln ab, obwohl sie gar kein Griechisch kann. Aber wenn ich einen Fehler mache, merkt sie das, weil ich unruhig werde. Und lügen kann ich nicht, also einfach sagen: ‚Das stimmt aber‘, obwohl sie das doch eigentlich nicht kontrollieren kann.“

Hermann guckte so verloren um sich, so trostlos gefangen in den Fäden der Falle, die seine Mutter für ihn gesponnen hatte, dass sich in Elsa eine Erinnerung regte: So habe ich mich gefühlt, als ich kapiert habe, dass ich in der Sackgasse sitze. Eine berufliche Veränderung war mit 44 Jahren nicht mehr möglich, in der Beziehung zu ihrem geliebten Jan gab es keine Perspektive. Nur vorhersehbaren Trott, unterbrochen von kleinen Inseln der Freude: Treffen mit Jan, natürlich heimlich, getragen von der Hoffnung auf ein intensiveres Zusammenleben, verdunkelt von nicht eingehaltenen Versprechungen. Jahraus, jahrein die Patienten. Immer geben, wenig bekommen. Mal kamen sie nach Jahren wieder in Therapie zu ihr, manche sah sie nie wieder. Sinnlos. Endstation. Es gab nichts mehr zu erwarten, nichts mehr zu erhoffen. „Freedom's just another word for nothing left to loose ..." Janis Joplin. Es war nichts mehr zu verlieren, nur noch eins zu gewinnen: Freiheit.

Als sie ihre Bilanz gemacht hatte, fühlte sie sich zunächst verpflichtet, viele Aktivitäten zu beginnen, um sich zu beweisen, dass sie ihre Krise meistern konnte. Sie konnte es nicht und wollte es auch bald nicht mehr. Das Leben war zu anstrengend. Als sie merkte, dass sie kapituliert hatte, wurde ihr eher leicht ums Herz, weil die Entscheidung, nicht weiter leben zu wollen, gefallen war.

„In dem, was Sie sagen, höre ich, Sie wollen Ihrer Mutter gefallen. Gefallen Sie sich auch selbst?" Natürlich wusste Elsa, welche Antwort kommen würde. Aber sie fühlte sich verpflichtet, diesen Anstoß zu geben.

Noch fünf Minuten, dann würde Hermann die Tür hinter sich zuziehen, und sie konnte die ausgefallene Stunde um zehn Uhr (Frau König, Migräne) dazu nutzen, zum Beerdigungsinstitut zu fahren, um sich nach dem Preis einer Grabstelle zu erkundigen. Um elf, zwei, drei, fünf und halb sieben waren ihre nächsten Termine.

Hermann saß stumm da, sah zu Boden und bohrte beide Fäuste in seine Kniekehlen.

„Gefallen Sie sich selbst?" Noch mal, weicher.

Kopfschütteln. Schweigen. Und dann: „Aber Evelyn mag mich, hat sie gesagt. Und mein Onkel Jo."

„Ich mag Sie auch, Hermann", sagte Elsa und stand auf. Dachte: Wahrheitsgemäß müsste der Satz heißen: ‚Vor Monaten, als ich noch fühlen konnte, hätte ich Sie gemocht, Ihren kindlichen Charme, Ihre Arglosigkeit, Ihre Ehrlichkeit. Wenn ich noch Gefühle hätte, so würde ich Sie mögen.'

„Hermann, unsere Zeit ist um. Machen Sie bitte mit Frau Zerban einen Termin für die nächste Woche aus. Wir müssen dann darüber sprechen, wo Sie Ihre Therapie fortsetzen. Sie wissen, ich breche hier meine Zelte ab und gehe nach Norddeutschland."

Es folgte Smalltalk über den Norden. Hermann war mal in Flensburg gewesen.

„Tschüs, Frau Martens. Bis nächste Woche." Seufzer und vorsichtiges Lächeln von Hermann. Gutes Kind!

Zweites Treffen der drei Freundinnen

„Das ist ja widerlich! Wie diese Mutter ihren Sohn kleinhält! Der möchte man etwas erzählen!"

Judith, spontan wie immer, ergreift als Erste das Wort, nachdem die kleinen Mitbringsel, die sich die drei Freundinnen zum monatlichen Treffen immer schenken, ausgewickelt und gewürdigt sind.

„Ich bringe sie um!" Dagmar grinst Judith und Bella an.

„Wie? Ach so, jetzt hab ich's kapiert, im Krimi. Aber gibt es denn solche Mütter wirklich?" fragt Bella.

„Na, da muss man doch nur in die eigene Familie schauen. Mein Bruder zum Beispiel, der hat das gegenteilige Schicksal wie Hermann, aber ich weiß nicht, was besser ist: Meine Mutter hat ihn, den Ältesten von uns dreien, immer über den grünen Klee gelobt, obwohl er weder begabt noch fleißig war. Seine Misserfolge wurden immer als missliche Umstände deklariert, nie wurde an seinem Talent oder seinem Willen gezweifelt. Was glaubt ihr wohl, wie mich das geärgert hat! Und letztlich hat es uns Geschwister auseinandergebracht, weil wir die Bevorzugung, die mein Bruder dankend annahm, auch ihm übel genommen haben. Nun ist er ein lausiger Musiker ohne Engagement, und ich habe mein Studium ohne Schwierigkeiten hinter mich gebracht. Aber das Verhältnis zu meiner Mutter war durch ihre Haltung meinem Bruder gegenüber immer belastet. Ich fand das ungerecht. Wer weiß, vielleicht habe ich deshalb Jura studiert."

„Du kannst doch noch von Glück reden, Judith, dass du einen Bruder hattest! Wir waren zu Hause vier Mädchen, und der einzige Junge ist im Alter von vier Jahren an Tuberkulose gestorben. Selbst ein toter Bruder kann einen Effekt auf seine Geschwister haben, und das war bei uns nicht der beste: Immer wurde uns der kleine Günther als derjenige hingestellt, der vermutlich lieber, schlauer, gehorsamer, sauberer, schneller und,

und, und gewesen wäre, wenn ... Und nach so einer Tirade meiner Mutter fing sie immer an zu weinen, da sagst du als Kind nichts mehr. Meine Schwestern und ich begannen, uns Geschichten auszudenken, was Günther, der kleine Liebling der Götter, für ein ekelhaftes Aas geworden wäre, wenn er noch leben würde. Für uns war das ein notwendiger Ausgleich zur Einschätzung meiner Mutter. Denn unser Vater war ja im Krieg gefallen, also gab es keinen, der meine Mutter an die Wirklichkeit hätte erinnern können, beziehungsweise eine realistischere Bewertung unseres verstorbenen Bruders hätte abgeben können. Mütter und Söhne, das ist ein Kapitel für sich!"

„Mein Bruder", sagt Dagmar langsam, „der war zu mir richtig grausam. Wohl aus Eifersucht, weil er nicht so schnell Freundschaften schließen konnte wie ich. Er saß eher allein in seinem Zimmer, hörte Musik im Radio oder lernte, zu der Zeit wirklich unmöglich, Russisch von einer Schallplatte. Das müsst ihr euch mal vorstellen, da sitzt 1958 ein pubertärer Junge in seinem Zimmer und lernt Russisch, anstatt mit den anderen auf dem Sportplatz Fußball zu spielen. Na, dafür hatte ich immer Freundinnen, war aber schlecht in der Schule."

„Aber inwiefern war er grausam?" fragt Judith.

„Er hat mich nicht nur immer bei meiner Mutter verpetzt, er hat auch in meinem Tagebuch rumgeschnüffelt und unter meinen Text Kommentare geschrieben. Ganz fies, vor dem war ich nicht sicher. Oder er hat meine Schultasche durchsucht, um zu sehen, ob ich eine Klassenarbeit zurückbekommen hatte, die ich aber zu Hause nicht zeigen wollte. Puh!" In Erinnerung an diese Episoden ist Dagmar ganz lebhaft geworden. „Ich glaube, Eltern wissen manchmal gar nicht, was zwischen ihren Kindern alles abläuft. Ich habe meinen Bruder zumindest immer ein bisschen fürchten müssen. Aber was ich dann gar nicht kapiert habe: Nach außen hin hat er immer gut von mir gesprochen, das habe ich per Zufall mal mitgekriegt, als ein Schulkamerad ihn besucht hat. Nachdem ich den auch begrüßt hatte, dann aber gegangen war, hörte ich vom Flur aus, wie mein Bruder richtig lobend über mich sprach. Komisch, was? Passte gar nicht zu ihm."

„Wie sind wir denn eigentlich auf unsere Brüder zu sprechen gekommen? Ach ja, wegen dieser Mutter, Schulte-Frey heißt sie, nicht? Wie kommst du eigentlich auf diesen Namen? Kennst du jemanden, der so heißt?"

„Nö, aber das finde ich nicht schwer. Schlimmstenfalls gucke ich mal ins Telefonbuch, wenn ich einen Namen brauche. Aber eigentlich stelle ich mir die Figuren vor und frage mich: Welcher Name passt zu der Figur? Die Schulte-Frey heißt mit Vornamen Claire; ich wollte, dass sie einen Namen hat, der so ein bisschen ungewöhnlich ist, aber auch an die ordinäre Stimme von Claire Waldorff erinnert. Den Doppelnamen habe ich genommen, damit die Familie unverwechselbar ist, denn nichts stört mich selbst mehr an einem Buch, als die Namen der beteiligten Personen nicht auseinanderhalten zu können."

„Apropos Stimme: Wie geht es deinem lieben Pit? Singt er noch in diesem A-capella-Chor?"

So driftet das Gespräch der drei Freundinnen in anderes Gewässer.

Mittwoch, den 18.04.1984, nachmittags

Hanna räumte auf.

Seitdem Elsa ihr gesagt hatte, dass sie ihren Wohnort nach Kiel verlegen würde, wo Elsa aufgewachsen war, seitdem Hanna das wusste, hatte sie in ihrer praktischen Art begonnen, die Materialien in ihrem Büro zu sichten. Wie viel überflüssiges Zeug hatte sich doch in den zehn Jahren angesammelt, in denen sie hier für Elsa arbeitete!

Sie stellte die alten Aktenordner der Gründungsjahre zusammen auf das oberste Regalbrett. Die Speditionsfirma würde alles geordnet in die Kisten packen können. Hatte Elsa schon eine Firma beauftragt? Das musste sie mal fragen. Na, bis Anfang August war noch ein bisschen Zeit.

Hanna nahm das Diktafon, auf dem Elsa ihre Anmerkungen zu Hermann Schulte-Freys Sitzung gesprochen hatte und suchte dessen Akte heraus. Die zwölf Sitzungen, die er schon gehabt hatte, hatten auch eine Menge von Berichten ergeben. Hanna las: „Dritte Sitzung. Hermann berichtet von seinem Onkel Jo, dem H. vertraut und dem er manchmal von seinen Schwierigkeiten erzählt. Jo (eigentlich Jóachim) Tischer ist der Bruder von H.s Mutter Claire, 36 Jahre alt, ledig, Galeriebesitzer. H. scheint seine äußere Erscheinung und seine elegante, leichte Art zu leben zu bewundern. ‚Ich möchte werden wie mein Onkel Jo, so gewandt und sicher. Wenn ich ihm erzähle, dass meine Mutter zu mir sagt: Hermann, aus dir wird nie etwas, so sagt Onkel Jo, das habe sie früher auch zu ihm gesagt. Jetzt sei er ein erfolgreicher Galeriebesitzer; da könne ich mal sehen, was die Vorhersagen meiner Mutter wert seien.‘

Planung für die nächsten Sitzungen:

- Gemeinsamer Gang zur Straßenbahnhaltestelle Oskar-Hoffmann-Straße, Ecke Universitätsstraße
- H. geht hundert Meter allein zurück Richtung Alsenstraße, dann komme ich nach
- Belohnungsliste erstellen und Selbstinstruktionen üben.“

Hanna erinnerte sich, dass diese Verhaltensübungen einen kleinen Fortschritt gebracht hatten. Doch dann gab es einen großen Einbruch, als Claire Schulte-Frey auf einer Geburtstagsfeier vor allen Leuten zu Hermann gesagt hatte: „Ich bezweifle, dass du noch einmal die Kurve kriegst und mal auf eigenen Beinen stehst. Dafür bist du wohl zu schwach!“

Machte Hermann jedoch einmal Anstrengungen, sich gegen seine Mutter durchzusetzen und weniger unselbständig aufzutreten, wusste Claire das wachsende Selbstvertrauen ihres Sohnes mit einer geeigneten Bemerkung zu untergraben.

Hanna schüttelte den Kopf. Also, Leute gab's! Die Alte sollte man mal übers Knie legen! Gut, dass Hermann den Onkel Jo hatte. Gab es in der Familie eigentlich auch einen Vater?

Hanna überflog die Seiten. Sie hatte so dumpf in Erinnerung, dass in den Berichten auch etwas über Hermanns Vater stand. Hier war es: Er nannte seinen Vater immer Kurt, einfach Kurt. Deshalb war Hanna auch entfallen, dass er einen Vater hatte.

„H.s Vater geht meist aus dem Zimmer, wenn H.s Mutter an dem Jungen herumnörgelt. Er muss dann ins Hotel, Büroarbeiten machen, oder er geht in den Garten. Sonst, so H., bekommt er auch sein Fett weg."

Aha, so war das also. Ein schwacher Gatte, eine starke Mutter, ein von der Mutter abhängiger Sohn, ein toller Onkel.

Hanna schrieb fix den Text von der Kassette, zog das neubeschriebene Blatt aus der Maschine und heftete es zuoberst in Hermanns Akte. Armer Kerl, ob der's noch mal schaffen würde, sich von seiner Mutter zu befreien? Hanna glaubte nicht daran.

Montag, den 7.05.1984, abends

Elsa schloss die Wohnungstür auf und hängte ihren Mantel an die Garderobe. Kühl war es in der Wohnung; draußen fiel ein Dauerregen. Sie legte die Zeitung auf den Tisch, die sie aus dem Postkasten gefischt hatte. Lust zum Lesen verspürte sie nicht. Die Weltgeschehnisse waren genauso öde und widersinnig wie ihr Leben.

„Helme als Waffen eingestuft", fiel ihr die dicke Überschrift ins Auge. Bei Demonstrationen machte sich derjenige strafbar, der einen Helm gegen Schlagstöcke und Wasserwerfer auf dem Kopf trug. Was für eine Welt! Die Dummheit und gleichzeitige Rechthaberei in der Welt war unausrottbar!

Jan fiel ihr ein. Der zog aus den Widrigkeiten des öffentlichen und politischen Lebens ganz andere Schlüsse als sie. Er arbeitete mit viel Einsatz und Engagement bei den Grünen, rieb sich auf, organisierte, hielt Reden, stopfte Löcher, wo es Mängel gab und saß sich in den Ausschüssen den Hintern platt, um irgendeine Kleinigkeit zu erreichen. Wenn ein Arbeitsloser auf seiner Schwelle stand, mobilisierte er irgendeine Art von Hilfe, und wenn ein Radweg auf der Autobahn geendet hätte, Jan hätte eine Möglichkeit gewusst, wie das Problem zu lösen wäre.

Elsa seufzte bei dem Gedanken an ihn.

Die Zeitung erinnerte sie daran, dass sie noch eine Karte mit der Abbestellung schreiben wollte. Sie tat das sofort. Ab dem 8. August sollte keiner die überflüssigen Zeitungen beseitigen müssen. Noch drei Monate, dann hatte das lustlose Dasein ein Ende.

Im Kühlschrank fand Elsa einen schrumpeligen Rest Fleischwurst und eine grüne, trockene Käseecke. Sie beförderte beides in den Mülleimer und beschloss, dass dies ihr Abendessen gewesen war. Essen war ja sowieso nicht mehr wichtig.

Als sie im Bett lag, versuchte sie, nicht an Jan zu denken, denn das schmerzte sie immer noch. Wie anstrengend war es andererseits, ihn nichts von ihren Plänen spüren zu lassen! Wenn er von denen wüsste, würde er sonst alles daran setzen, sie davon abzubringen, aber das würde ihr Leiden nur verlängern.

Jan Boersma war Dozent für Pädagogik an der hiesigen Universität, verheiratet mit seiner Jugendliebe, zwei Söhne, 14 und 16 Jahre alt. Als Elsa ihn vor drei Jahren an der Uni kennengelernt hatte, war sie wie beschwingt vor Glück. Was für ein intelligenter, warmherziger, lebendiger, witziger Mann!

Nach einer kaputten Ehe und anschließender Austoberei hatte Elsa das Kapitel Männer eigentlich für abgeschlossen gehalten. Bei Jan aber krochen all ihre Jungmädchenträume und Wünsche wieder in ihr Herz, worüber sie selbst erstaunt war. Sie hatte sich für reifer und abgeklärter gehalten.

Jan hatte ihr nie ausdrücklich versprochen, dass er sich von seiner Frau trennen würde. Zunächst war Elsa auch so im Glück, dass sie diese Tatsache nicht störte oder beunruhigte, zu euphorisch genoss sie das Zusammensein mit Jan, das meist bei ihr zu Hause stattfand. Sie liebte ihn mit einer Leidenschaft und Zärtlichkeit, die sie nicht mehr für möglich gehalten hatte, nachdem sie ihren Exmann nach seinem x-ten Seitensprung verlassen hatte. Bei Jan fühlte sich Elsa heil und ganz, lebendig mit allen Sinnen.

In den folgenden Jahren wurde ihr klar, was eine Beziehung ohne Perspektive bedeutete: Nichts war im Vorfeld planbar. Vor allem: Es gab gar keine gemeinsamen Pläne, außer dem, alles zu lassen, wie es war. Die Gegenwart wurde nur durch die Gegenwart, nie durch Hoffnung auf etwas oder durch die Vorfreude auf etwas Zukünftiges definiert. Wenn ein Zeitloch in Jans Kalender vorkam, war und wurde sie gefragt, aber ihre eigenen Wünsche, ihre eigene Lust auf Zusammensein konnten auf diese Art nicht befriedigt werden. Sie kam sich mit der Zeit vor wie jemand, der immer hungrig blieb und nur ab und zu in nicht absehbaren Zeitabständen gefüttert wurde. Diese Art Leben machte sie mit der Zeit nicht mehr glücklich, sondern zermürbte sie mehr und mehr, weil es ihr neben ihrer anstrengenden Arbeit zusätzlich Kraft raubte, statt ihr Kraft zuwachsen zu lassen.

Andererseits schaffte sie es nicht, sich von ihm zu trennen, war das Zusammentreffen mit Jan doch immerhin mehr als nichts. Elsa hatte gehofft, sich noch einmal neu in jemand anderen verlieben zu können, um den Absprung von Jan zu schaffen – aber sie verliebte sich nicht, sondern wurde immer verzagter und zurückgezogener. Vergebene Liebesmüh, fiel ihr ein, wenn sie mit einem ziehenden Schmerz an Jan dachte.

Elsa taumelte in ihren Gedanken umher, dachte daran, dass kein Therapeut davor gefeit war, sein Leben sinnlos und leer zu finden. Ihr ging es wie vielen ihrer Patienten. Selbst der Sinn von Therapie war ihr immer zweifelhafter geworden: Wie konnte sie so viel kaputtes Urvertrauen reparieren, wie konnte sie mit einem Menschen eine Änderung erarbeiten, wenn sie selbst keine Lust mehr auf konstruktive Lösungen hatte? Sie hatte nur noch Sehnsucht danach, nichts mehr zu hören und zu denken. Sie wollte nicht mehr die scharfen Kanten von Widersprüchlichkeiten spüren müssen, keine aussichtslosen Kämpfe mehr ausfechten. Sie wollte ihren Frieden haben, und den würde sie nur durch das Fläschchen Digitalis erhalten, das sie wohlweislich aus dem Medizinschränkchen ihrer Mutter gerettet hatte, als sie mit ihrem Bruder die Wohnung der Verstorbenen ausgeräumt hatte.

Drittes Treffen der drei Freundinnen

„Warum spielt dein Krimi eigentlich im Jahr 1984 und nicht jetzt?“ fragt Bella und lässt sich mit einem Plumps im Sessel nieder. Sie greift nach dem kleinen Päckchen in Geschenkpapier, das Dagmar ihr neben den Kuchenteller gelegt hatte.

„Warte noch mit dem Auspacken, zu deiner Frage muss ich was erklären! Ich wollte nicht, dass es schon iPods gibt und E-Mails, das sollte schon eine andere Zeit sein als jetzt. Wo es zum Beispiel noch nicht das in Deutschland gab, was du gerade in der Hand hast: Es ist ein Norwegischer Käse, der nach Karamell schmeckt. Er heißt Gudbrandsdalen, den gibt es bei uns auf dem Markt. Ich finde ihn himmlisch!“ Dagmar verdreht die Augen und schmatzt ein bisschen, um den Wohlgeschmack des Käses zu betonen.

„Kenn ich gar nicht“, sagt Bella und schnuppert am Päckchen. „Du?“ wendet sie sich an Judith.

Judith schüttelt den Kopf. Sie scheint nicht ganz bei der Sache, sondern ist mit etwas anderem beschäftigt.

Dagmar erklärt noch weiter, warum sie das Jahr 1984 ausgewählt hat, statt die Handlung in der Gegenwart spielen zu lassen. „Wisst ihr, das Jahr 1984 war durch Orwells Roman schon ein bisschen gekennzeichnet, wenn es dann auch nicht so schlimm wurde, wie Orwell prophezeit hatte. Oder auf eine andere Art schlimm, als er prognostiziert hatte. Aber als Jahreszahl ist es fast allen im Kopf. Und dann dachte ich daran, dass es zu der Zeit in Bochum noch keine U-Bahn gab, alles spielte sich überirdisch ab.“

„Ja, stimmt, und wo du das gerade sagst: In der Straßenbahn sitze ich ja oft neben Jugendlichen, und die haben heute ganz andere Ausdrücke als noch in den Achtzigern! Die begrüßen sich mit ‚Alter‘, alles ist ‚geil‘ und ‚voll cool‘ oder so ähnlich. Gab’s doch damals gar nicht, wie haben wir das gesagt? Vielleicht ‚super' oder ‚dufte'. Oder ‚klasse'?" Judith zieht die Stirn kraus.

„Genau, und diese Sprache kann ich nicht. Die würde sich bei mir ganz falsch anhören." Dagmar nickt Judith zu. „Außerdem, kaum vorstellbar, aber wahr: Es gab noch keine Handys für den Durchschnittsbürger. Wenn jemand wirklich so ein Ding auf der Straße am Ohr hatte, konnte er sicher sein, dass alle Passanten guckten."

„Und es gab noch keinen Euro, sondern die gute, alte DM", kräht Bella dazwischen.

„Daggi, was mich bis jetzt am meisten berührt, ist, dass diese Elsa ihrem Leben ein Ende setzen will. Kann man das denn machen, die Hauptperson gleich Selbstmord begehen zu lassen? Wie soll denn die Geschichte dann weitergehen?" Judith schüttelt ein bisschen den Kopf.

„Ja", sagt Bella eifrig, „darüber habe ich auch nachgedacht. Und ob ich als Leserin die Elsa nicht völlig inkompetent finde, weil sie sich nicht selbst helfen kann. Die hat doch Psychologie studiert, die hat doch auch eine therapeutische Ausbildung, dann muss man doch wissen, wie man mit seinen Konflikten fertig wird, oder?"

„Na, das sollte man nicht meinen, wie viel Leute in therapeutischen Berufen so ausgebrannt sind, dass sie süchtig werden oder sich umbringen. Gibt's nicht auch Zahnärzte mit schlechten Zähnen? Oder Orthopäden mit Schulter-Arm-Syndrom?" Dagmar zuckt ein bisschen ratlos mit den Schultern.

Bella lacht und blinzelt Judith zu. „Ja, oder gibt es nicht auch Anwälte, die kriminell sind? Lehrer, die keine Lust haben, was zu lernen? Clowns, die weinen? Bibliothekarinnen, die eine Lese-Rechtschreib-Schwäche haben? Oder Sportlehrerinnen, die am liebsten Kuchen essen und nicht auf ihre Linie achten? Das kann man ja ewig weiterspinnen, dieses Thema!"

Und damit sticht sie beherzt mit ihrer Kuchengabel in die Orangentorte, die Judith am Abend zuvor gebacken hat.

Dienstag, den 15.05.1984, mittags

Claire Schulte-Frey verzog die Lippen, um mit dem Konturenstift eine saubere rote Linie zu ziehen. Mit hochgezogenen Augenbrauen bemerkte sie, dass die Linien in ihrem Gesicht sich bei Entspannung nicht mehr so rasch lösten wie noch vor einem Jahr.

Morgen zur Kosmetikerin, entschied sie.

Sie hörte, noch während sie in den Spiegel sah, wie die Klinke ihrer Schlafzimmertür (sie selbst sprach von ihrem Schlafzimmer als Boudoir) heruntergedrückt wurde und Hermann sich durch die Tür wand.

„Junge, geh aufrecht, du siehst wieder aus wie ein Wurm!"

Hermann zog schnell den flachen Bauch ein, blähte, so gut es ging, den Brustkorb und hob das Kinn.

„Mami, ich wollte ... Mami, ich will mit Evelyn heute Nachmittag zum Kemnader See. Sie fährt mit mir runter und bringt mich auch zurück. Ist doch okay?"

Er sackte schon wieder zusammen; seine linke Schulter hochgezogen, den Kopf nach rechts geneigt, lugte er aus seinen dunklen Augen in den Spiegel und sah so indirekt in das Gesicht seiner Mutter.

„Hermann, du kannst so etwas doch selbst entscheiden, warum belästigst du mich mit solch dummen Fragen? Hast du denn schon für deine Klausur morgen geübt? Nein? Wofür opfere ich meine Zeit mit dir beim Vokabelnabhören, wenn du dann durch deine Faulheit doch durch die Prüfung fliegst. Meinst du, das macht mir nichts aus?“

Ihre Stimme hatte den leidenden Ton, der Hermann den Magen umdrehte.

Betont distanziert fuhr sie fort: „Du bist mit 22 Jahren erwachsen und für dich selbst verantwortlich. Ich erwarte von dir, dass du freiwillig deine Pflicht tust, wie ich auch.“

Sie schaute geschäftig in ihre Handtasche. Hermann fühlte sich verabschiedet.

„Dann bis später“, sagte er leise. „Du gehst in die Sauna?“

„Ich muss ja auch mal an mich denken. Geh jetzt.“

Hermann schlich hinaus.

Claire ordnete den Schalkragen ihrer Seidenbluse und strich sich eine unsichtbare Strähne aus der Stirn. Dieser Junge, ganz der Vater, dachte sie. Nur im Aussehen war Hermann ganz das Gegenteil: Er hatte ihre dunklen Augen und ihr schwarzes, leicht gewelltes Haar geerbt. Aber vom Charakter her war er schwach, schwach wie sein Vater.

War Kurt noch im Hotel? Sie würde zum Abendessen zurück sein und erfahren, ob seine Verhandlungen über den Pool gut gelaufen waren. Eigentlich ein Wunder, dass er in der Führung des Hotels so erfolgreich war. Wie stolz Kurt auf Hermann war, weil der studierte, was ihm sein Vater einst verwehrt hatte.

Claire nahm ihre beigefarbene Handtasche vom Frisiertisch, schnappte sich die gepackte Badetasche und verließ das Schlafzimmer. Eine Wohltat, es nicht mehr mit Kurt teilen zu müssen. Vor einem Jahr hatte sie ihm erklärt, sie könne nicht einschlafen, wenn er neben ihr atmen würde. Kurt war wortlos in das

Gästezimmer umgezogen und hatte ihr Schlafzimmer nie mehr betreten.

Sie ging die kurze Strecke zur Bushaltestelle Hiltroper Kirche, sicher eingehüllt in ihr Parfüm. An diesem Tag war ihr Sauna- und Badetag, den sie im vornehmen Caribik-Center in Essen mit den Freundinnen verbringen wollte. Sie würden erst zwei Saunagänge machen, dann ruhen und schließlich zum besten Teil des Nachmittags übergehen: an der Bar sitzen, mit dem schicken Carlos, dem Barkeeper, schäkern und Neuigkeiten austauschen, das alles bei kleinem Imbiss („Die Figur!") und Sekt, alles vom Feinsten. Inge-Luise sollte ja einen neuen Verehrer haben. Wie die das immer schaffte, die war doch schon 45!

Claire war froh, ihren Freundinnen nie von ihrem Liebhaber erzählt zu haben. Wer weiß, ob die Freundinnen ihr Verhältnis mit dem zehn Jahre jüngeren Wolf Brinkmann nicht bissig kommentiert hätten, zumindest hinter ihrem Rücken. Das gönnte Claire ihren Freundinnen nicht. Das Verhältnis zu Wolf war allerdings schon ein bisschen ausgeleiert, seine kleinen Geschenke waren spärlicher geworden, genau wie seine Komplimente. Sie würde ihn beim nächsten Treffen verabschieden.

Weil sie ihren Saunatag stets mit Alkohol beendeten, hatte es sich eingebürgert, dass keine der vier Freundinnen mit dem Auto kam. Sie fuhren an diesem Tag alle mit öffentlichen Verkehrsmitteln, ein Erlebnis, das dazugehörte. Auch darüber gab es immer genügend Geschichten zu erzählen. „Kontakt mit dem Volk", nannte es Claire.

❖

„Evelyn, es geht nicht. Wirklich nicht, ich muss noch lernen!"

„Das können wir doch gemeinsam machen, ich frag dich die Vokabeln ab. Hermann, bitte! Oder ist es wegen der Angst, auf die Straße zu gehen? Ich hol dich doch direkt vor eurem Haus ab. Sag ja!"

Hermann presste den Telefonhörer fester ans Ohr und biss nervös auf seine Lippen. Er war hin und her gerissen zwischen dem Wunsch, mit Evelyn in der Sonne am See zu sitzen und dem Gefühl, seine Pflicht zu vernachlässigen und etwas geradezu Verbotenes zu tun, wenn er diesem Wunsch nach Evelyns Nähe nachkäme. Aber wieder einen Nachmittag lang mit Unruhe und strapaziertem Gehirn in seinem Zimmer zu sitzen, in Gesellschaft einer toten Sprache, die auch ihn schier umbrachte – nein, das war unerträglich.

„Na gut, Evi, um drei? Ich bring die Bücher mit. Tschüs."

Hermann legte behutsam den Hörer auf die Gabel. Er hatte das Gefühl, als habe er etwas falsch gemacht. Sollte er Evelyn ganz schnell wieder anrufen und alles rückgängig machen? Nein, nein, nein, wie hatte Frau Martens doch gesagt: „Fragen Sie sich, Hermann, worauf Sie Lust haben! Und überlegen Sie, welche Konsequenzen das hat, und fragen Sie sich, ob Sie die Folgen tragen können." Ja, er konnte und wollte die Folgen tragen, weil das Zusammensein mit Evi einfach zu wertvoll war. Dann musste er das missbilligende Gesicht seiner Mutter eben in Kauf nehmen.

Als Evelyn mit ihrem dunkelroten Simca vor seinem Haus ankam, stand Hermann schon vor der Tür.

„Hallo, Evi, ist doch gut, dass wir zum See fahren. Ich freu mich schon."

Evelyn lächelte. Sie hatte einen stets gebräunten Teint, und wenn sie sich freute, überzog ein sanftes Rosa ihr Gesicht, so wie jetzt, als sie Hermann anstrahlte.

Einmal ihre Haut anfassen, dachte Hermann, und sofort wurde ihm heiß vor Entsetzen, in dieser Weise an Evelyn zu denken. Sie war doch seine Kommilitonin, nicht seine Freundin! Außerdem konnte sie aus der Kirchengeschichte die spannendsten Dinge erzählen, während er die Jahreszahlen und Zusammenhänge bisweilen durcheinanderbrachte. Sie hatte in einem Proseminar gerade ihr erstes Referat gehalten und war vom Dozenten sehr gelobt worden.

„Wie geht's dir eigentlich mit deiner Therapeutin, dieser Frau Martin?"

„Martens", verbesserte Hermann. „Die geht Anfang August weg, und ich muss dann zu jemand anderem. Dabei fand ich die Martens gut. Wenn ich bei der sitze, dann habe ich meist das Gefühl, dass mir alles deutlicher wird."

Er schloss etwas lahm, merkte, dass er nicht hatte ausdrücken können, was er sagen wollte. Er probierte es in einem zweiten Anlauf: „Weißt du, zu Hause habe ich manchmal den Eindruck, ich hätte vergessen, was links und rechts ist oder was gut und schlecht oder richtig und falsch ist. Wenn ich bei der Martens sitze, weiß ich das immer. Aber dann geh ich nach Hause, meine Mutter guckt mich an und fragt: ‚Na, endlich etwas selbstbewusster geworden, junger Mann?' Und dann bin ich wieder durcheinander."

Evelyn schaute flink zu Hermann herüber, bevor sie ihre Aufmerksamkeit erneut der Straße widmete. Hier auf der Universitätsstraße Richtung Autobahn war immer viel Verkehr.

Hermanns Stimme schien so verzagt und klein! Einmal hatte sie seine Mutter getroffen, die zu ihr an den Wagen gekommen war, als sie ihn zur Uni abholen wollte. „Fräulein Evelyn, ich bringe meinen Hermann heute selbst zur Universität. Auf Wiedersehen."

„Meinen Hermann" hatte sie gesagt! Am nächsten Tag hatte Hermann ihr anvertraut, dass seine Mutter ihn gar nicht zur Uni gebracht hatte, sondern mit ihm in die Stadt wollte.

„Hermann", Evelyn schlug einen munteren Ton an, „was würdest du tun, wenn du drei Wünsche frei hättest?"

„Hat mich die Martens auch mal gefragt, und da wusste ich gar nix. Also ..."

Ein riesiger, schwarzer Mercedes glitt gerade an ihnen vorbei und setzte sich so kurz vor Evelyns Wagen, dass sie stark bremsen musste. Im Reflex hielt sie ihren rechten Arm vor Hermann, als sei er nicht angeschnallt und sie müsse ihn vor einem Aufprall auf die Frontscheibe schützen.

„Huch, na so einer!“ Hermann kicherte ein bisschen nervös. „Also, zuerst wünsche ich mir, dass diese blöden Angstanfälle verschwinden, damit ich wieder allein auf die Straße kann. Dann wünsche ich mir, gut durchs Studium zu kommen, weil das meine Eltern sehr glücklich machen würde. Und drittens ...“

Er kniff die Augen etwas zusammen und sah jetzt geradezu listig aus, aber heiter und gelöst.

Ihm fielen zu einem dritten Wunsch mehrere Dinge ein, aber was war das Wichtigste? Später mal ein guter Journalist bei den Katholischen Blättern zu sein? Oder einmal nach Athos zu reisen? Oder ... Was ihm jetzt einfiel, war ihm so peinlich, dass er es nicht anzusprechen wagte.

„Und du?“ fragte er hastig, um zu kaschieren, dass er den dritten Wunsch nicht gesagt hatte. „Was wünschst du dir?“

Evelyn grinste. Sie fuhr die Ausfahrt zum See hinunter, eine schmale Straße mit vielen Kurven.

„Ich wünsche mir auch, dass ich mit dem Studium gut vorankomme. Und als Zweites, dass ich so was Illusorisches wie einen Job als Lehrerin bekomme. Und dann will ich mal einen guten Mann haben und drei Kinder.“ Evelyn lachte jetzt, unbefangen und offen. Sie hielt auf dem Parkplatz und stellte den Motor ab. „Wünschst du dir denn keine Familie? Du willst doch nicht Priester werden, sondern Journalist, oder?“ Sie war plötzlich ganz ernst geworden und wandte ihr Gesicht Hermann zu.

Er nestelte am Sicherheitsgurt herum, als könne er ihn nicht öffnen. „Klar will ich zu einer Zeitung oder in einen Verlag.“ Er sprach intensiv in Richtung Gurtschnalle und schaute Evelyn nicht an. „Und eine Familie will ich auch mal haben.“ Etwas trotzig und heiser.

„Na, dann ist es ja gut“, sagte Evelyn vergnügt. „Komm, wir holen uns da vorne erst mal ein Eis.“

Dienstag, den 15.05.1984, abends

Kurt stellte die Gläser auf den Tisch und vergewisserte sich, dass er nichts vergessen hatte. Dann setzte er sich und rief seine Frau zum Abendessen.

Claire trat ein, leicht beschwingt nach einem fröhlichen Saunatag mit heftigem Getratsche über Inge-Luise, die verhindert gewesen war. Aber Peggy, die eigentlich Elfriede hieß, und Liz hatten genügend zu erzählen gehabt.

„Wo ist Hermann?“ fragte sie Kurt, als sie sich setzte.

„Wird schon noch kommen. Ist der nicht zum See gefahren mit diesem Mädchen, der Evelyn?“

„Ach, stimmt. Wie ist es denn mit der Firma gelaufen? Wie teuer soll der Pool werden?“

Kurt rutschte bei dieser Frage unbehaglich auf seinem Stuhl hin und her und tat dabei so, als suche er die Butter auf dem Tisch.

„Claire, das wird ein Problem. Das Becken wird nämlich teurer als erwartet. Ich habe schon gedacht, wenn du dir deine Lebensversicherung auszahlen lässt, dann könnten wir's schaffen, zusammen mit dem Bausparvertrag und dem Rest von Tante Margas Erbe.“

„Bist du verrückt?“ Claires heitere Beschwingtheit wich schlagartig und machte einer gefährlichen, kalten Nüchternheit Platz. „Meine Lebensversicherung kündigen? Und wovon soll ich im Alter leben? Das soll doch Teil meiner Rente sein! Wer weiß denn, ob wir dann noch das Hotel haben und ob es weiterhin so gut läuft. Kurt, das schlag dir aus dem Kopf! Mein Geld kommt da nicht rein. Das hättest du dir doch denken können.“

„Ich hatte gedacht, die Sommersaison läuft besser an. Aber zu den Kongressen in der Stadt sind weniger Gäste gekommen als erwartet. Und dass wir im letzten Jahr alle Badewannen im alten Trakt durch Duschen ersetzt haben, das ist uns irrsinnig teuer zu stehen gekommen. Unsere Reserven sind im Augenblick dünn. Kannst du dir's nicht noch mal überlegen, Claire?"

„Da gibt es nichts zu überlegen. Ich habe nein gesagt."

Claire schloss den Mund mit einem hörbaren Laut.

Kurt spürte eine heiße Wut in sich auflodern, die er nur mit Mühe hinunterwürgen konnte. Lange Ehejahre hatten ihn zu der Einsicht gebracht, dass Wutäußerungen nur den Effekt hatten, Claire kälter und zynischer zu machen, so dass er am Ende eines Streites aufgebracht und hilflos seinen Gefühlen ausgeliefert war. Dabei hatte sie ihm über Monate in den Ohren gelegen, einen Swimmingpool mit kleiner Gastronomie anlegen zu lassen, so dass Übernachtungsgäste mehr Anreiz hätten, länger zu bleiben. Wenn ich nur wüsste, woher ich das Geld kriegen könnte, dachte Kurt. Im Augenblick ist die Lage so eng, da kann ich kaum das Hotel halten.

An der Haustür wurde ein Schlüssel ins Schloss geschoben. Wenig später trat Hermann ein, sichtlich angeregt, mit leicht geröteten Wangen, die für ihn ungewöhnlich waren.

„Entschuldigt, wir standen im Stau. Evi, also Evelyn, und ich hatten noch einen Spaziergang am See gemacht. Nachdem sie mit mir gearbeitet hat", setzte er hastig hinzu mit Blick auf Claire. „Und dann war die Universitätsstraße so voll, da ist gerade eine Baustelle, und wir haben eine Viertelstunde im Schritttempo fahren müssen."

„So, mit Evi im Schritttempo. Muss doch nett für dich gewesen sein." Claire zog die Mundwinkel höhnisch herunter. „Ist wohl deine kleine Freundin, was?"

Kurt schaute schnell mit warnendem Blick zu Hermann. „Nicht drauf eingehen", sollte dieser Blick heißen.

Hermann nahm sich Salat aus einer großen Schüssel und piekte mit der Gabel unschlüssig auf dem Teller herum.

„Sie ist wirklich nett“, murmelte er.

„Na, muss sie ja wohl auch sein, wenn sie dich angeln will.“

„Angeln?“ Hermann schaute voller Unverständnis auf die rotlackierten, langen Nägel seiner Mutter. Einen Blick in ihr Gesicht hätte sie vielleicht als Herausforderung betrachtet.

„Na klar, die will einen reichen Hotelerben heiraten. Aber vielleicht solltest du ihr mal sagen, dass dein Vater nicht mal in der Lage ist, den Pool fürs Hotel zu finanzieren. Da hat er sich nämlich verrechnet! So steht es mit dem Reichtum. Wenn du ihr das sagst, kühlt sie vielleicht ein bisschen ab, aber dann weißt du wenigstens, woran du bei ihr bist.“

Kurt schob seinen Stuhl energisch nach hinten, so dass er zu kippen drohte, und verließ das Esszimmer. Bevor er die Tür mit betonter Sorgfalt leise schloss, konnte er noch hören, wie Claire zu Hermann sagte: „Die Wahrheit will er natürlich nicht hören. Genau wie du!“

Viertes Treffen der drei Freundinnen

„Der ist ja irgendwie ein bisschen trantütig, dieser Hermann. Dass der sich von seiner Mutter so absauen lässt.“ Bella, die bei Erregung den Hang zu einer direkten Ausdrucksweise hat, guckt Dagmar empört an. „Wie soll die Evelyn sich denn in den verlieben, wenn der so abhängig von seiner Mutter ist! Und phobisch! Fehlt nur noch schwul.“

„Immerhin ist er ja doch mit Evi gefahren, obwohl seine Mutter ihm das nicht leichtgemacht hat. Überhaupt die Liebe – oder besser die Verliebtheit: da ist doch eine Menge Projektion und frühe Prägung dabei, findet ihr nicht? Da spielt eine bestimmte Haarfarbe oder das Blau der Augen plötzlich eine Rolle, ein gewisses Lächeln, eine Färbung in der Stimme, ein Geruch, ich weiß nicht, das scheint mir unerklärlich. Zumindest ist das von außen häufig nicht zu verstehen, und die Betroffenen verstehen es ja meist auch nicht so genau. Wenn man fragt: Warum bist du in XYZ verknallt, dann kommt doch häufig ein so läppisches Zeug, das gar nichts erklärt.“

Judith lehnt sich nach dieser Ansprache in ihren Sessel zurück und kreuzt die Arme vor der Brust.

Bella murmelt etwas wie „Na ja, das schon“ und widmet sich ihrem kleinen Geschenk, das neben ihrer Teetasse bereit liegt: einer kleinen, runden englischen Seife mit Jasmingeruch.

„Das glaube ich dir, Judith. Wenn ich zurückdenke an meine verflossenen Freunde, so wundere ich mich doch über den einen oder anderen und weiß nicht mehr, was mich damals geritten hat.“

„Na, na, du Ferkel!“ sagt Bella und grinst anzüglich.

„Meine ich im übertragenen Sinne. Das hat vielleicht an einer ganz bestimmten Konstellation gelegen: dass man gerade bedürftig nach Zuwendung war oder so gelangweilt, dass man auf eine Abwechslung hoffte, oder dass man durch das Interesse des anderen geschmeichelt war und darauf reagiert hat. Der

Kontakt ist dann auch bei den meisten Freunden auseinandergegangen, und diejenigen, mit denen ich noch sporadisch zu tun habe, das sind wirklich nette und interessante Leute. Klaus zum Beispiel oder Jakob. Aber die anderen ..."

„Und bei der Liebe ist das dann was anderes?" fragt Bella, „da spielt dann Projektion als Initialzündung keine Rolle mehr?"

„Die Wirklichkeit wird der Projektion dann größtenteils den Zahn ziehen, wenn ich das mal in so einem schiefen Bild ausdrücken darf. Wenn man den anderen dann nach der Phase der Verliebtheit immer noch mag und nicht nur aushält, wenn man Spaß mit und an ihm hat – ja, dann ist das wohl Liebe. Wenn ich Pit zum Beispiel überraschend treffe, schwappt immer eine Welle von Freude über mich. Und bei keinem anderen Mann war ich je so entspannt wie ich in Pits Gegenwart bin, selbst wenn wir im Auto sitzen und eine Stunde lang nichts sagen."

„Entspannt bin ich in der Straßenbahn auch, wenn ich neben einem Fremden sitze", sagt Judith zu Dagmar und kräuselt die Stirn.

„Ach, das ist doch was ganz anderes! Das weißt du auch, du willst mich nur foppen. Aber Bella, sag mal, vorhin hast du über Hermann gesagt: ‚abhängig von seiner Mutter, phobisch und womöglich schwul.' Wäre das denn schlimm?"

„Nö, nur dass er mit den drei Eigenschaften schlechte Chancen bei Evelyn hat, beziehungsweise bei ihr auch gar keine Chance haben wollte. Aber das passt dann ja nicht dazu, dass er ihre Haut gerne mal anfassen möchte." Bella zieht die Teetasse zu sich. Über deren Rand hinweg schaut sie Dagmar mit ihren schönen, intensiv blauen Augen an und sagt: „Bin schon gespannt, ob das zwischen den beiden weitergeht. Und was die Alte, also Claire, noch an Gemeinheiten auf Lager hat."

Freitag, den 18.05.1984, später Nachmittag

Elsa fuhr langsam auf der holprigen Bergstraße am Stadtpark entlang. Es hatte geregnet, und die tiefstehende Sonne reflektierte auf den schwarzen, glänzenden Basaltsteinen der unebenen Pflasterung. Die Bäume zu beiden Seiten wölbten sich wie ein Dach über die Straße. Elsa hatte schon immer eine Abneigung gegen diese Stimmung nach einem Regen im Frühjahr und Sommer, die sich klamm in ihr Herz stahl.

Um diese Stimmung abzuschütteln, drehte sie am Knopf des Radios, und sie erkannte über das Fahrgeräusch hinweg nicht sofort die Melodie. Doch dann trafen sie die Worte wie ein giftiger Pfeil: „Always something there to remind me“, der Hit dieses Jahres, von einer Gruppe gesungen, die Elsa nicht kannte. Genau das war es, was Elsa in ihrer Beziehung zu Jan so schwergefallen war: Nie konnte sie ihm spontan diesen Satz sagen, wenn sie ihn nach einem Besuch bei ihr schmerzlich vermisste. Außer wenn Jan bei ihr war, musste sie sich in Bezug auf ihn ihre Spontanität verkneifen.

Elsa hatte drei große Kartons mit Kleidung zu einem Container des Roten Kreuzes gebracht. Das Abhaken der Posten auf ihrer Liste erfüllte sie mit einer gewissen Befriedigung. Sie wollte noch kurz in der Alsenstraße bei der Praxis vorbeifahren, um Hanna das Zeugnis zu bringen, das Elsa handschriftlich formuliert hatte. Wenn ich ein Zeugnis über mich bekäme, dachte Elsa, so stände darin: Sie war immer fleißig und verlässlich. Das klingt so langweilig, wie ich nie sein wollte.

Am Abend vorher hatte sie in einer Fernsehsendung einen Reporter die Schwester eines Selbstmörders fragen hören: „Hatte Ihr Bruder denn Schwierigkeiten?"

Früher hätte Elsa die Frage als dumm abgetan; natürlich musste jemand, der sich umbrachte, Schwierigkeiten gehabt haben. Jetzt fand sie die Frage nicht mehr so selbstverständlich zu beantworten, denn sie selbst wollte sterben, weil in ihrem Leben alles so vorhersehbar geworden war, so wenig neu, so wenig überraschend, aufregend oder anregend. Buchstäblich: tödlich langweilig. Leben als endlose Folge von Abwasch, Arbeit, Kino, Haushalt, Jan, Beratungsterminen, Schriftkram für die Krankenkassen. Und alles schon gelebt: Ehe, Scheidung, Beruf, Liebhaber. Und einiges nicht mehr im Leben zu erreichen: Kinder, ein eigenes Haus mit Garten oder auswandern. Lebensbilanz stattdessen: fade, banal, öde. Als sie bei diesem Schluss ihrer Lebensbewertung angekommen war, ergriff sie eine befreiende Gleichmut, denn es bestärkte sie in ihrem Entschluss: Schluss machen mit alldem!

Sie bog in die Alsenstraße ein, wo die Praxis im Parterre eines Hauses aus den fünfziger Jahren eingerichtet war und fand eine Parklücke hinter Hanna Zerbans altem, grünen VW mit geteilter Heckscheibe.

Hanna empfing sie mit der Kaffeekanne in der Hand und verschwörerischer Miene. Sie rollte die Augen Richtung Wartezimmer und flüsterte: „Der Schulte-Frey ist da mit so einer Brünetten. Willst du schnell einen Schluck Kaffee trinken?"

„Gern. Hier ist dein Zeugnis, Hanna. Wenn du noch Änderungsvorschläge hast, lass uns nachher darüber reden. Sag mal, der Schulte-Frey hat doch gar keinen Termin, oder? Hat er was gesagt, dass er einfach so außer der Reihe hier auftaucht?"

„Der brauchte gar nichts zu sagen, so wie der aussah. Wie ein verschrecktes Häschen! Gut, dass dieses Mädchen dabei ist, die scheint recht gelassen und stabil zu sein. Eh ich es vergesse: Herr Boersma hat angerufen und war sehr enttäuscht, dass du nicht da warst. Du mögest ihn morgen früh zwischen zehn und elf Uhr in der Uni anrufen."

Lieber Jan. Kleines Ziehen in der Herzgegend und gleichzeitig ein unangenehmer Erwartungsdruck: Wie sollte sie vor ihm verheimlichen, was sie vorhatte?

Elsa trank ihren Kaffee in großen Schlucken. Eine kleine Erleichterung über die Verzögerung ihres Feierabends überkam sie, denn für heute Abend hatte sie sich die Abschiedsbriefe zu schreiben vorgenommen, wovor ihr graute.

Sie steckte den Kopf ins Wartezimmer. Sie sah einen verhuschten Hermann, die runden, braunen Augen weit aufgerissen, und neben ihm ein junges Mädchen, braunhaarig, feingliedrig und leicht gebräunter Teint.

Hermann stand unsicher auf. „Das hier ist Evelyn. Evelyn Schneider. Sie hat mich gebracht. Ich musste kommen ..."

Hilfesuchend blickte er Evelyn an, die lächelnd ihre Hand zur Begrüßung ausstreckte.

„Martens. Möchten Sie, Hermann, dass Frau Schneider bei unserem Gespräch dabei ist? Ist vielleicht angebracht", sagte Elsa.

Hermann schaute verwirrt, als ob er sich fragte, wer denn Frau Schneider sei, bis er begriff.

„Ja, das wäre ganz gut. Komm, Evelyn."

Die junge Frau ergriff eine Korbtasche, die neben ihr auf dem Stuhl stand, und marschierte hinter Elsa in das Beratungszimmer.

Die ist in Ordnung. Seine Kommilitonin, von der er erzählt hat. Wundere mich, was die an Hermann findet, die könnte doch jeden haben, dachte Elsa.

„Was ist denn passiert?“ fragte sie Hermann.

Der seufzte tief. „Ich weiß gar nicht, wo ich anfangen soll. Vielleicht am besten mit dem Dienstag. Da war ich mit Evelyn am Kemnader See und bin verspätet nach Hause gekommen. Das gab einen fiesen, kleinen Tanz mit meiner Mutter. Und heute war die Fortsetzung: Ich war in der Uni und hatte gedacht, ich würde Rolf treffen, das ist einer, der mit mir zusammen dieselbe Strecke fährt, mit der Straßenbahn. Aber heute war er nicht da. Er muss krank sein, oder was weiß ich. Auf jeden Fall habe ich nach dem Einführungsseminar gewartet, aber er kam nicht, und ich wusste nicht, wie ich allein nach Hause kommen sollte. Schließlich habe ich Evi angerufen“, Blick zu ihr, „und gesagt, in welcher Klemme ich stecke. Evi ist dann von Essen aus los mit dem Wagen und hat mich geholt und nach Hiltrop gefahren. Natürlich war ich nun viel später dran, als ich Mami, äh, meiner Mutter gesagt hatte. Als wir bei uns zu Hause ankamen, war meine Mutter gerade dabei, einen Strauß Rosen zu schneiden und hat daher gesehen, dass Evi mich gebracht hat. Zusammen mit dem Zuspätkommen war das für sie ganz eindeutig. Sie hat gesagt, also, sie hat mir unterstellt ...“

Hermann hob hilflos die Hände, schaute Elsa aus Hundeaugen an, blickte kurz zu Evelyn und dann auf seine Füße.

Schweigen.

Evelyn sagte schließlich: „Frau Schulte-Frey muss Hermann vorgehalten haben, wir hätten den Nachmittag im Bett verbracht. Ich hab das ja gar nicht mitgekriegt, weil ich gleich gefahren bin, und das war ihr ein weiterer Beweis: Ich könne ihr wohl nicht in die Augen sehen.“

Du kannst das sehr wohl, ob du nun mit jemandem im Bett warst oder nicht, dachte Elsa. Laut sagte sie: „Ist diese Vorstellung so abwegig, dass Sie beide Ihre Beziehung mit der Zeit intensivieren?“

„Nee, ist sie nicht. Nur war’s eben nicht der Fall. Ich mag Hermann sehr, sehr gerne, weil er aufmerksam, interessiert und sensibel ist, nicht so ein lauter, plumper Typ wie die Bluffer an der Uni. Wir verstehen uns gut und haben die gleichen Interessen. Nur miteinander im Bett waren wir eben nicht.“ Es klang nach Bedauern.

„Sie fühlen sich jetzt durch Ihre Mutter gedemütigt und falsch verstanden, Hermann?“

„Das Schlimmste kommt ja noch. Meine Mutter hat mir verboten, weiterhin mit Evelyn Kontakt zu haben. Wenn ich trotzdem mit ihr verkehren würde, hat sie gesagt, so riefe sie Evelyns Vater an und würde sich verbitten, dass ‚sein Flittchen‘ ihren Sohn verführe.“

Während Hermann diese Worte unter sichtlichem Bemühen herausbrachte, grinste Evelyn, wurde aber gleich wieder ernst.

„Das wäre blöd“, erklärte sie, „weil doch meine Schwester mit 17 ein Kind von einem Nachbarjungen gekriegt hat und mit dem dann auch zusammengezogen ist. Meine Eltern haben zu Lisa, also zu meiner Schwester, seitdem keinen Kontakt mehr, und gerade mein Vater sagt immer zu mir: ‚Komm du mir nicht auch noch mit einem Kind nach Hause!‘“

Hermann war offensichtlich immer noch peinlich berührt, nicht wegen der Geschichte mit der Schwester, sondern bei der bloßen Vorstellung, seine Mutter dächte von ihm, er könne sexuell aktiv sein.

„Was erwarten Sie von mir, Hermann? Warum sind Sie zu mir gekommen?“

„Erst mal wollte ich das bloß loswerden. Und dann ist mir klargeworden: Ich bin jetzt 22 Jahre alt, und meine Mutter behandelt mich wie einen dummen Jungen. Das heißt, nach diesem Ausbruch hat sie mich gar nicht mehr behandelt, sie hat einfach so getan, als gäbe es mich nicht. Sie ist um mich herumgegangen, als wäre ich ein Möbelstück, das lästigerweise in ihrem Weg stand. Als ich sie gefragt habe, wann Kurt nach Hause kommt, hat sie so getan, als hätte ich gar nicht gesprochen. Das konnte ich einfach nicht mehr aushalten. Da habe ich Evi angerufen, und wir sind hierher gefahren.“

„Und haben das Verbot Ihrer Mutter sofort gebrochen.“

„Ja.“ Erstaunen bei Hermann, das war ihm gar nicht bewusst gewesen. „Ja, und mir hat das sogar gutgetan. Auf der Fahrt hierher dachte ich zum ersten Mal: Soll sie doch machen, was sie will, soll sie doch schmollen. Ich war einen Moment lang so wütend auf sie, ich sah Tod!“

„Tod?“

„Rot, meine ich natürlich.“

Hermann bohrte aufgeregt in seiner Hosentasche herum, aus der er schließlich ein blütenweißes Taschentuch zog, mit dem er sich die Hände abwischte.

Freud lässt grüßen, dachte Elsa belustigt.

„Mir ist klargeworden, dass mein Verhältnis mit meiner Mutter so nicht weitergehen kann. Ich fühle mich von ihr immer kleingemacht. Das will ich nicht mehr.“

Mit ihr? Auch Freud? fragte sich Elsa. „Und was wollen Sie jetzt tun?“

„Ich gehe heute nicht nach Hause zurück, Evi fährt mich zu Onkel Jo. Der hat schon oft angeboten, dass ich zu ihm kommen könnte, wenn zu Hause Stunk ist. Der hat auch ein Gästezimmer. Das wollte ich aber erst mit Ihnen besprechen.“

Fragender Blick. So schaute er sicher auch seine Mutter an. „Sie wollen, dass ich Ihre Entscheidung gutheiße? Oder dass ich Ihnen die Entscheidung abnehme? Das kann ich nicht und will ich auch nicht.“

„Natürlich, das muss ich selbst wissen. Und ich weiß es auch“, Hermann blickte Elsa und dann Evelyn an, „ich muss von zu Hause weg, weil ich sonst nie selbständig werden kann. Da kann sie mir noch so häufig sagen, dass sie doch alles für mich tut. Soll sie gar nicht. Ich will im Augenblick auch nichts für sie tun. Ich will was für mich machen. So!“

Welch neue Töne, dachte Elsa, vielleicht hat die Schulte-Frey den Bogen jetzt überspannt. Laut sagte sie: „So kann ich Sie gehen lassen, Hermann. Ich würde jetzt gerne Schluss machen.“

Blick auf die Uhr, schon halb sieben.

Ernst und bestimmt sagte Hermann: „Ich musste Ihnen diese Zeit stehlen, für mich war das wichtig.“ Und Evelyn nickte.

Fünftes Treffen der drei Freundinnen

„Na, Gott sei Dank hat der Hermann die Kurve gekriegt! Ich konnte es schon nicht mehr aushalten, dass der sich von seiner Mutter so drangsalieren ließ. Aber ist so eine plötzliche Veränderung auch realistisch? Gibt's das?"

Bella guckt die Freundinnen neugierig an.

Judith nickt bedächtig. „Doch", sagt sie langsam, „ich kann mich erinnern, dass Thomas eines Tages eine seiner kryptischen Bemerkungen über eine Frau fallen ließ, was er gerne machte, damit ich nachfragte und anfing zu bohren. Damit hat er mich natürlich immer auf die Palme gebracht, was er vielleicht gar nicht bewusst wollte, aber es schien ihm ein Bedürfnis zu sein, mir was mitzuteilen über eine Frau, die ihn interessierte. Aber ich war es leid, ich wollte nicht mehr dafür sorgen, dass er, wenn auch indirekt, was über sein Liebesleben von sich gab. Ich dachte eher: Wenn es was Ernstes ist, wird er es mich schon wissen lassen. Bis dahin will ich von diesem Thema verschont bleiben. So habe ich nicht gebohrt, nicht gefragt, sondern freundlich gelächelt. Er war ganz irritiert, und ich habe mich gefreut, nicht in diese Falle gegangen zu sein. Es gibt ja noch genug andere, die ich mir sogar selbst stelle."

Judith kichert ein bisschen, als ob sie sich gerade eine Reihe von Situationen vorstellt, in denen sie sich verheddert.

„Ja, das kenne ich auch", sagt Dagmar lebhaft. „Ich habe euch doch damals erzählt, was meine Kollegin Katrin für einen tollen manipulativen Trick mit mir gemacht hat: Die Ausschreibung für die Stelle, auf die sie sich beworben hat, war extra so formuliert, dass wir endlich in der Nachmittagsschicht gut besetzt sind, denn die Halbtagskräfte wollen verständlicherweise alle vormittags arbeiten, wenn ihre Kinder in der Schule oder im Kindergarten sind. Daher suchten wir jemanden, der wirklich auch nachmittags konnte. Und was passiert? Die Kollegin beginnt, vormittags zu kommen. Zunächst ist mir das gar nicht aufgefallen, aber dann habe ich es ihr in einem Vieraugengespräch gesagt, dass sie für nachmittags eingestellt sei. Da sagt die doch: ‚Wenn das für Sie ein Problem ist, sollten wir das in der Freitagssitzung mal besprechen.‘ Plötzlich war das mein Problem! Und von ihrer Arbeitszeit war nicht mehr die Rede. Ich glaube, das war der Moment, in dem ich mich entschieden habe, in Altersteilzeit zu gehen, weil ich mit Menschen, die sich in dieser Weise verhalten, nichts mehr zu tun haben will. Und in der Bibliothek sind da doch einige, die eher an ihre Interessen denken als an das, was nötig oder Pflicht ist. Aber das ist vielleicht in allen größeren Institutionen so. Also, lange Rede, kurzer Sinn: Von jetzt auf gleich wusste ich, dass ich aufhören muss, um meine Gesundheit zu retten und mich nicht mehr für alles verantwortlich zu fühlen. Als ob dieses Tröpfchen in meinem Eimer, in dem ich Frust und Belastung gesammelt habe, noch gefehlt hätte. Meine Klagen über die Verhältnisse bei mir auf der Arbeit sind euch ja reichlich bekannt, aber nun bin ich in zwei Monaten frei. Frei wie ihr!“

„Gut, dann ist das mit Hermanns neuer Entschlusskraft ja geklärt“, sagte Bella. „Die Evelyn gefällt mir gut, hast du da etwa jemanden im Sinn gehabt, als du ...“

„Na, Bella, kein Wunder, dass Evi dir gefällt!“ fährt Judith dazwischen. „Als ich das Kapitel über die beiden am See las und das über deren Auftritt bei der Frau Martens, habe ich bei Evelyn immer an dich denken müssen. Ist natürlich nur Zufall, gell, Daggi?“

Dagmar grinst. „Na ja, so ein paar Züge, das kann schon sein ... Die Offenheit, Direktheit und die Unerschrockenheit, ja, die sind von dir. Aber das ist keine Eins-zu-eins-Beschreibung. Man schöpft halt aus seiner Erfahrung, und du gehörst eben zu meiner Erfahrung dazu, Bella. Sag mal, Judith, was macht Thomas denn gerade? Wie geht’s ihm? Ich habe ihn lange nicht gesehen.“

„Ich ihn auch nicht! Er ist schon heute Morgen in den Garten gegangen, ich glaube, er pflanzt die Dahlien. Vielleicht kommt er nachher und holt sich ein Stück Kuchen hier ab, dann könnt ihr ihm Guten Tag sagen."

Und so wendet sich das Gespräch Richtung Männer und deren Hobbys.

Montag, den 21.05.1984, nachmittags

„Du bist ein *schatje*, Elsa."

„Janni, du aber auch!"

Manchmal, wenn Jan sehr *emoschionaal* zumute war, fiel er in seine Muttersprache zurück, was Elsa immer besonders liebenswert fand.

Sie angelte nach der Bettdecke, die am Fußende auf den Boden gefallen war, und zog sie herauf.

„Janni, was hast du nur für liebe Füße!"

Als Antwort grunzte Jan und spreizte die Zehen ab. Elsa streichelte über die zarte Haut am Rist, fuhr dann unter die Fußsohle, die ganz weich war wie bei einem Kind.

„Bist du denn früher nie barfuß gegangen? Du hast so glatte Fußsohlen, so weich wie Hände. Und ich habe selten so unverkrüppelte Füße gesehen wie deine. Alle Zehen sind gerade, nur der kleine schmiegt sich an."

Elsa sah Jan immer mit Rührung auf seinen Füßen stehen. Er wusste sich flink und dynamisch auf ihnen zu bewegen, umsichtig, raumbewusst. Bei seiner Körpergröße und seinem Bäuchlein, das er selbst nicht mochte, war das nicht selbstverständlich.

„Elsa, nun sag mal: Wie geht es dir? Vorhin hast du mir keine Antwort gegeben."

Elsa hatte sich auf das Treffen mit Jan geradewegs vorbereitet, denn sie wusste, dass diese Frage kommen würde. Schließlich war er ein guter Beobachter und sensibel genug, um Veränderungen an ihr zu bemerken. Aber Elsa war eine noch bessere Schauspielerin, und der Trick, wie sie eine Fassade gegenüber anderen aufbaute, bestand darin, sich bewusst zu depersonalisieren, sich also in eine andere Person hineinzuversetzen, die sie nicht war. Die Person heute hieß Lucky, war Anfang dreißig, hatte noch die Umsetzung aller Pläne vor sich und die Illusion, alles erreichen zu können, was sie sich vornahm.

Sie hoffte daher, dass Jan ihre Veränderung nicht merken würde, da Lucky eine unbeschwerte, positive Frau darstellte.

„Gut, Janni. Mir macht nur ein Patient ein paar Sorgen, oder besser gesagt: seine Mutter. Die drangsaliert den armen Kerl so, dass er schon ganz klein ist. Ich weiß nicht, ob er sich jemals wirklich von ihr freimachen kann. Ich könnte die Alte umbringen."

„Elsje, du und umbringen?" Jan lachte sein gluckerndes Bauchlachen, wofür Elsa ihm flink über den Stirnwirbel fuhr. (Oder war es Lucky?) Sie dachte gerührt: Jan, ich kann sogar mich umbringen.

„Du kriegst doch eher selbst Krämpfe, als dass du jemandem wehtust. Also, das scheint mir daher nicht die ideale Lösung zu sein."

„Sag das nicht! Überleg mal: Die Eltern des Patienten waren nie mit dem Sohn zusammen bei mir und würden auch nie in Familientherapie gehen. Der Vater käme nach meiner Einschätzung noch mit, aber so, wie ich die Mutter geschildert bekommen habe, hält die sich für unfehlbar. Bei der sind alle anderen falsch, nur sie ist richtig. Alles, was ich versuche, bei dem Jungen aufzubauen, weiß die Mutter mit ihren diversen Tricks wieder zu unterminieren."

Schlagartig fiel Elsa bei ihren Worten ein, dass Claire Schulte-Frey sich nicht mit Hermanns spontanem Auszug zu seinem Onkel würde abfinden können. Die brütete sicher schon etwas aus, um Hermann wieder unter ihre Fuchtel zu zwingen. Spielerisch (war das Elsa oder Lucky?) fuhr sie fort: „Das wäre doch ungeheuer hilfreich, wenn ich die Mutter aus dem Weg schaffen würde. Der Junge könnte sich endlich seinem Alter gemäß entwickeln. Und mich würde kein Mensch verdächtigen, weil ja kein offizieller Kontakt zwischen ihr und mir besteht. Wäre geradezu perfekt, weißt du, so wie in ‚Der Fremde im Zug' von Patricia Highsmith. Kennst du den Krimi? Oder den Film von Hitchcock?"

„*Nej*. Kenne ich nicht. Aber wenn doch herauskäme, dass du das warst mit dieser Frau, dann müsstest du die Konsequenzen tragen. Das heißt dann Knast, und da dürfte ich mit dir nicht ins Bett gehen. Also ist das ein schlechter Plan, *schaapje*."

Jan nahm sie fest in den Arm und wiegte sie, aber Elsa machte sich frei von seiner Umarmung und dachte: Das ist ja gerade das Gute an dem Plan, dass Konsequenzen mich nicht mehr treffen würden. Eine Leiche kommt nicht ins Gefängnis.

Aber sie sagte: „Du musst zugeben, Janni, dass es schwierig wäre, gerade auf mich als Täterin zu kommen. Wo ich die Frau doch gar nicht kenne, und sie mich auch nicht. Und keiner würde mich für diesen Mord bezahlen, so dass auf meinem Konto keine auffälligen Veränderungen zu beobachten wären. Ein offensichtliches Motiv hätte ich auch nicht, aber es wäre ein wirklich gutes Werk."

„Mit dem Ersten hast du recht." Jan schob seinen Kopf höher gegen die Bettkante und knautschte sich ein Kissen unter. „Es ist nämlich erwiesen, dass Frauen zu 85 Prozent ihre Kinder, Ehemänner oder Geliebten umbringen, also die Opfer aus ihrem persönlichen Umkreis sind. Bei Männern ist das anders, da sind es nur 39 Prozent. Na, dann mach mal, Elsa, aber weine nicht, wenn es schiefgeht." Offensichtlich machte ihm die spinnerte Idee seiner Freundin Spaß. Um Elsa weiter zu diesem Spielchen zu animieren, sagte er mit gespielter Entrüstung: „*Maar, lievje*, glaubst du nicht, dass diese Mutter eben auch nur so geworden ist, wie sie ist, und nichts dafür kann? Du müsstest doch Verständnis dafür haben!"

„Hilfe, Jan, sag doch so was nicht! Das ist ja gerade das Elend in meinem Job: Wenn du dir was psychologisch erklärst, ist es mit deiner moralischen Empörung häufig aus! Sicher ist die Mutter aus bestimmten Gründen so geworden. Vielleicht hatte sie einen herrischen Vater, eine neurotische Mutter und einen Großvater, der verschwand, als sie in der Pubertät war, alles möglich. Aber ihre Launen und Machtgelüste an dem Sohn auszulassen, das ist ja wie eine Erbsünde. Und der Sohn macht dann womöglich wieder seine Kinder kaputt. Nee, nee, Erwachsensein heißt auch, sich nicht mehr für sein Gewordensein zu entschuldigen, sondern dazu zu stehen und die Folgen zu tragen."

Elsa war jetzt sehr ernst geworden (wo war Lucky?), lehnte sich auf den Ellbogen und sah Jan ins Gesicht.

„Und das zweite Elend an diesem Beruf ist, dass du immer die anderen verstehst, darauf bin ich auch gedrillt. Und was ist mit meinem Standpunkt? Den drohe ich zu vergessen, aus Verständnis."

Das letzte Wort unterstrich Elsa mit einer Grimasse.

„Okay, Elsje, bring die Mutter um, versteh die anderen nicht, behalte deinen Standpunkt und mich lieb. Mehr will ich nicht."

Elsa lachte leise und wunderte sich zum hundertsten Mal darüber, wie dieser Mann die Tastatur zwischen ernst und heiter souverän beherrschte.

„Janni, bist ein Guter", sagte Lucky zu ihm.

Sie vergrub ihre Nase in die Halsmulde unterhalb seines Ohres. Er reagierte sofort, während Elsa krampfhaft versuchte, nicht zu denken und nicht zu fühlen.

Sechstes Treffen der drei Freundinnen

„Das hätte ich ja nicht von dir gedacht, Daggi! Dass diese Elsa erst sich umbringen will und dann Hermanns Mutter. Also umgekehrt, ach, du weißt schon, was ich sagen will."

Bella schüttelt den Kopf über Dagmars Fantasie, aber Judith lacht vor sich hin. Sie kann man mit nichts richtig schockieren, weil sie selbst mit so vielen Ideen und Bildern im Kopf herumläuft wie Dagmar.

„Ich fand es spannend, dass Elsa ihr Geheimnis dem Lover gegenüber so sorgfältig versteckt. Das hat mir richtig imponiert. Mit Geheimnissen ist das ja so eine Sache: Jeder hat sie, keiner würde das aber zugeben", sagt Judith und grinst Dagmar an.

„Ich habe keine Geheimnisse", protestiert Bella sofort. „Was sollte ich denn geheim halten? Und wem gegenüber?" Sie guckt von Judith zu Dagmar und wieder zurück.

„Na, weiß ich nicht, ist ja dein Geheimnis! Aber im Ernst, es gibt Dinge, die sage ich Thomas nicht, es gibt Sachen, die habe ich nie meiner Mutter gesagt. Ich finde das normal, dass der Mensch etwas für sich behält."

„Gibt's auch Sachen, die du uns nicht sagst?" fragt Bella neugierig.

„Natürlich, wenn ich auch im Augenblick nicht weiß, was das gerade ist. Kommt auch darauf an, ob ich nach einem Thema gefragt werde oder nicht, manche Ereignisse vergesse ich einfach anzusprechen, bei manchen wiederum entscheide ich mich ausdrücklich dafür, darüber nicht zu reden."

„Ich kannte mal einen Mann, der seiner zweiten Frau nie gesagt hat, dass er schon einmal verheiratet war. Er wollte die erste Frau vergessen und nie auf sie angesprochen werden, auch nicht von seiner zweiten Frau." Dagmars Job in der Bibliothek bringt sie mit vielen Menschen zusammen, die auch mal ein Schwätzchen mit ihr halten und ihr, der doch eigentlich Fremden, gerne etwas anvertrauen, weil sie zuhört und interessiert zu sein scheint.

„Aber ich habe auch ein eigenes Geheimnis, das ich meinen Eltern nie gesagt habe: Ich habe die Prüfung zur Bibliothekarin erst im zweiten Anlauf geschafft. Beim ersten Mal steckte ich gerade in einer wilden, unglücklichen Beziehung, da hatte ich den Kopf gar nicht frei zum Lernen. Als ich dann durch die Prüfung gerauscht war, habe ich einfach gesagt, ich hätte bestanden, habe mir einen Aushilfsjob als Hostess auf einem Schiff, also einer Fähre, gesucht, gutes Geld verdient, gespart, und ein halbes Jahr später die Prüfung bestanden. Das habe ich ganz bewusst gemacht, weil sich meine Mutter bis zum Herzinfarkt aufgeregt und mein Vater mir aus Mitleid weiterhin Geld geschickt hätte. Das wollte ich aber nicht, weil ich es ja nicht verdient hätte."

„Was, auf einem Schiff hast du auch schon gearbeitet? Das wusste ich ja gar nicht", sagt Bella bewundernd.

„War ja nur an der Bar, Bella. Ist ein Scheißjob, wenn man sieht, wie die Leute sich Schluck für Schluck zukippen. Aber so viel zu meinem Geheimnis."

„Thomas weiß nicht, dass ich einmal im Monat zur Kosmetikerin gehe und mir auch zusätzliche Wimpern ankleben lasse. Mein jugendliches, gepflegtes Aussehen", sagt Judith mit kokettem Augenaufschlag, „das stammt also aus der Hand meiner Kosmetikerin, die übrigens das Geheimnis hat, als jugendliche Mutter ihr Kind zur Adoption freigegeben zu haben. Ihr seht: Geheimnisse allerorten!"

„Dass du zu der Kosmetikerin gehst, finde ich aber nicht ein so wahnsinnig großes Geheimnis, Judith. Ich posaune doch auch nicht die Geheimnisse meiner Schönheit in meine Umgebung heraus. Außer euch weiß doch auch keiner, dass ich herausnehmbare Teleskopzähne im Mund habe, ohne die ich aussähe wie Rasputin persönlich!"

Als Judith und Dagmar schallend loslachen, runzelt Bella voller Unverständnis die Stirn. „Was ist?“ fragt sie und merkt dann, worüber die beiden Freundinnen lachen. „Guck an, ich also auch. Das hätte ich nicht von mir gedacht.“

„Und wisst ihr eigentlich was von meinem Korsett?“ Judith lüftet ihr T-Shirt und zeigt den Freundinnen ein beigefarbenes, strammes Gewebe.

„Und kennt ihr meine Stützstrümpfe?“ fügt Dagmar hinzu.

Jetzt nimmt das Gelächter an Lautstärke zu, und wie auf Kommando klopft es an die Tür und Thomas kommt herein.

„Welches Geheimnis hast du denn?“ fragt Judith, und die Freundinnen kriegen sich schier nicht mehr ein vor Lachen.

Thomas guckt verstört, grüßt Dagmar und Bella, nimmt sich schweigend ein Stück Kuchen und schließt die Tür sehr, sehr behutsam. Frauen!

Samstag, den 2.06.1984, spätnachmittags

Wolf Brinkmann saß geschniegelt und gebügelt im Café des Restaurants am Bochumer Stadtpark vor seinem schwarzen Kaffee, Blick nach draußen auf den Weg, damit er gleich sehen konnte, wenn Claire kam. Er zündete sich eine Zigarette an und ließ das schlanke, goldene Feuerzeug von den Fingern in die Handfläche fallen und wieder zurück. Er war nervös. Claire hatte am Telefon so überaus distanziert geklungen.

Bilder aus ihrer gemeinsamen Vergangenheit tauchten vor seinem inneren Auge auf: Er hatte sie zum ersten Mal bei seinem Freund Jo Tischer auf einer Vernissage gesehen. Allein. Sie fiel ihm durch ihre stolze Haltung auf, die hochmütige Art, in der sie ihren Kopf hielt, so als trüge sie eine unsichtbare Krone. Er hatte Jo gefragt: „Wer ist die Frau da drüben? Die muss ich kennenlernen!“ Jo hatte geschmunzelt und gesagt: „Das musst du selbst herausfinden. Aber ich würde sagen: Lass die Finger von ihr.“

An diesem Abend hatte er Claire den Hof gemacht, genossen, dass sie ihn, den weit Jüngeren, huldvoll gewähren ließ.

Gleichzeitig strahlte sie eine Unnahbarkeit aus, die Wolf reizte. Wie mochte sie sein, wenn sie diese Haltung aufgab?

Nach dem vierten Treffen hatte er dieses Rätsel gelöst und auch erfahren, dass sie Jos ältere Schwester war, die ohne Einladung zur Vernissage erschienen war. Claire war im Bett erstaunlich leidenschaftlich, ohne ihre würdevolle Haltung und ihre Ironie aufzugeben. Wolf nannte sie „meine Spanierin".

Sie ließ sich seine Schwärmereien gefallen; er bemühte sich doppelt, angeheizt durch ihre Distanz. Er fühlte sich während der Hochs und Tiefs in dieser Zeit manchmal als Torero, manchmal als Bettler, dann wieder als Eintänzer, dann als Sohn. Aber er hatte nie aufgehört, sie brennend zu begehren, weil er an ihr nicht satt wurde. Sein heimlicher Wunsch war, Claire aus ihrer unbefriedigenden Ehe zu erlösen, ihr Retter in der Not zu werden, und ihr an seiner ritterlichen Seite den Platz einzuräumen, der dieser Königin gebührte.

In diesem Augenblick sah er sie in einem cremefarbenen, engen Kostüm am Fenster vorbeigehen, die gepflegten schwarzen Haare wippten kapriziös bei jedem Schritt. Als sie an Wolfs Tisch trat, stand er beflissen auf, wollte ihr etwas abnehmen, und als er realisierte, dass ihr nichts abzunehmen war, schob er ihr den Stuhl zurecht.

Claire setzte sich, zog langsam die hellen Ziegenlederhandschuhe aus und legte sie auf den Tisch.

„Wolf, heute habe ich wenig Zeit für dich. Eigentlich bin ich nur gekommen, um dir zu sagen, dass mit uns Schluss sein muss. Es geht nicht mehr."

Claire schaute ihn bei ihren Worten unbewegt an. Ist ja ein hübscher Junge, dieser Wolf, dachte sie, aber seine schwärmerische Bewunderung wurde ihr immer lästiger und fordernder. Besser die Geschichte jetzt beenden, bevor sie sich in weitere Verpflichtungen mit ihm einließ.

Wolf Brinkmann saß da, als habe ihm jemand die Faust in den Magen geschlagen. Er wurde blass, sein Mund stand ein wenig offen, dann schluckte er.

„Claire, warum? Warum willst du mich loswerden?"

„Wie kannst du so etwas Hässliches sagen? Loswerden! Wir müssen uns trennen, weil mein Mann anfängt, misstrauisch zu werden, und weil du besser eine Partnerin in deinem Alter haben solltest. Das siehst du doch ein, nicht?"

Claire tätschelte ein wenig Wolfs schlaffe Hand, mütterlich, verständnisvoll und ein bisschen in entsagungsvoller Pose. Das gefiel ihr! Ein guter Abgang, gleich mehr davon: „Sieh mal, mir tut das auch leid. Wir hatten eine schöne Zeit miteinander, aber wir wussten beide, dass es nicht ewig so weitergehen würde."

In Wolf purzelten Hoffnungen, Erinnerungen und Enttäuschung wild durcheinander. Er hatte zwar Claires Worte verstanden, aber er konnte sich diese plötzliche Wende in ihrer Beziehung nicht erklären. Da stimmte doch was nicht! Hatte er irgendetwas beim letzten Treffen gesagt, was sie verletzt, beleidigt oder gedemütigt hatte? Wollte sie nun erreichen, dass er aufmerksamer wurde und heftiger um sie warb? Nein, seine Zuneigungsbezeugungen waren immer überdeutlich gewesen, und sollte er aus Versehen Claire verletzt haben – sie hätte sich sofort zur Wehr gesetzt. So weit kannte er sie durchaus. Also was war los? Eine Welle der Angst, gemischt mit Wut, stieg in ihm hoch. Mit erzwungener Ruhe in der Stimme bat er: „Claire, sprich bitte ganz offen mit mir. Ich brauche das, um klarzusehen. Ist da ein anderer Mann?"

„Also, ich bitte dich, meinst du, ich lüge dich an? Es gibt natürlich keinen anderen."

Claire schaute kalt auf Wolfs leicht verzerrten Mund und fand ihn in diesem Moment abstoßend. Wohin war das verführerische und stolze Lächeln dieses aufstrebenden, jungen Architekten verschwunden, der zu allen Karrierehoffnungen berechtigte? Jetzt sah er aus wie ein gekränkter Hahn.

Wenn er hier im Café nur kein Theater macht, dachte Claire. Wolf konnte bisweilen sehr heftig werden. Am besten war, sich möglichst schnell zu verabschieden. War sie nicht in einer guten Position? Von Wolf ins Unrecht gesetzt durch seine Vermutung, konnte sie als Schmerzensreiche über seine Unterstellung den Abgang machen.

„Wolf, du tust mir unrecht. Lass uns das Gespräch beenden, bevor wir einander wehtun. Ich muss auch gehen.“ Ein Blick auf die winzige Uhr an ihrem Handgelenk. Dann griff sie in ihre geräumige Umhängetasche und zog ein Bündel Briefe hervor.

„Da“, sagte sie und schob die Briefe über den Tisch, „du siehst, ich habe alle aufgehoben.“

Sie schob ihren Stuhl zurück und prallte beinahe mit der molligen, blonden Bedienung zusammen, die gerade nach ihrem Wunsch fragen wollte.

„Passen Sie doch auf! Sie kommen übrigens zu spät, ich wollte gerade gehen. Wolf, ich ruf dich mal an. Lass es dir gut gehen.“ Sprach’s, ergriff die Handschuhe und schritt auf die Tür zu.

Wolf war zu verwirrt und durch die perplex blickende Serviererin zu sehr gehindert, als dass er hätte antworten können. Er brachte keinen Ton heraus und blieb in seiner halbaufgerichteten Stellung wie erstarrt stehen. Die Bedienung zog die Augenbrauen hoch und verschwand in Richtung Kuchentheke. Wolf ließ sich schwer auf seinem Stuhl nieder. Claire war weg und hatte ihn wie ein überflüssiges Paket auf seinem Stuhl zurückgelassen. Durch seine Verwirrung stieg deutliche Wut in ihm hoch, er spürte, wie er rot wurde. Sie hatte es so eilig gehabt, warum? Weil sie zu einem Termin mit einem neuen Liebhaber wollte? Ja, was sonst!

Eigentlich hatte er sich Claires Mann immer als unterlegenen Trottel vorgestellt, zumindest hatte sie ihn als ungehobelten, desinteressierten Klotz beschrieben. Der würde doch nie einen Verdacht haben! Der war doch immer in seinem Hotel, oder was das war, oder ackerte in seinem Garten! Nein, nein, der hatte keinen Verdacht, Claire hatte einen neuen Galan: Das konnte er nicht zulassen, sie gehörte ihm! Und bevor er sie einem anderen gönnte – das würde er nicht aushalten, sie in den Armen eines anderen Mannes zu wissen.

„Nein Claire, nein, das darfst du mir nicht antun."

Wie ein Mantra murmelte Wolf diesen Satz immer wieder vor sich hin.

Die Bedienung am Buffet ließ ihren Tortenheber selbstvergessen in der Luft schweben und schaute mit offenem Mund den Mann an, der dort mit rotem Kopf vor sich hin murmelte und seine erloschene Zigarette immer wieder in den Aschenbecher drückte, als wolle er ihm wehtun.

Mittwoch, den 13.06.1984, abends

„... Darum bitte ich Sie, die Akten der Patienten für fünf Jahre aufzubewahren. Ihre Honorarforderungen stellen Sie bitte an meine Sekretärin, Frau Hanna Zerban, Hustadtring 184 d, 44801 Bochum.

Mit freundlichem Gruß und Dank für Ihre bisherige Arbeit,

Elsa Martens."

Elsa zog den Brief an ihren Anwalt aus der Maschine, unterschrieb diesen und den anderen an die Kassenärztliche Vereinigung und suchte in den Schubladen des Rollschrankes nach Umschlägen. Sollte einer ihrer Patienten später zu einem anderen Therapeuten oder zu einer Therapeutin gehen, konnte die früher von ihr angelegte Akte bei ihrem Anwalt angefordert werden.

In diesem Moment klingelte das Telefon schrill und laut. Elsa stellte es erst einmal leise und hob dann den Hörer ab. Wie hielt Hanna nur dieses kreischende Klingeln aus?

„Ach, wie gut, dass ich Sie noch in der Praxis erreiche. Hier ist Schulte-Frey. Sie sind wohl von Ihrer Arbeit abhängig, was? Na, ich will nichts gesagt haben, Sie sind ja der Psychologe."

„Die Psychologin, Frau Schulte-Frey, guten Abend. Worum geht's?" Ruhig und geduldig, Elsa! So klang also Hermanns Mutter, von der sie schon so viel gehört hatte.

„Frau Martens, ich sage hiermit Hermanns nächsten Termin ab. Er hat doch noch einen in dieser Woche, oder?"

Einen Augenblick stutzte Elsa. Wie konnte die Schulte-Frey einen Termin absagen, von dem sie gar nicht wusste, ob er auch ausgemacht war?

„Was hat Hermann Ihnen denn gesagt?" Vorsichtig, schließlich war es nicht ihre Aufgabe, die Termine ihrer Patienten zu bestätigen.

„Ich habe es vergessen, ob es morgen oder übermorgen sein sollte. Ist ja auch egal, Hermann wird auf jeden Fall nicht kommen. Der Junge ist ja so durcheinander, rennt weg zu seinem Onkel, als ob er bei uns zu Hause nicht den Himmel auf Erden hätte. Das muss ihm ja wohl jemand eingeredet haben."

Meint sie mich? fragte sich Elsa.

„Auf jeden Fall habe ich mich entschlossen, dem armen Jungen aus seiner Verwirrung zu helfen und ihn nach Reutlingen zu einer Cousine von mir zu verfrachten. Da soll er erst mal zur Ruhe kommen. Die haben dort ein sehr schönes, großes Haus, da stört er keinen."

„Und wen stört er hier?" Elsa fragte ohne Betonung, wie beiläufig.

„Nun legen Sie doch nicht jedes Wort auf die Goldwaage, natürlich stört er hier keinen. Wir wollen doch alle sein Bestes, aber der Junge ... Sie wissen ja selbst, wie unsicher und kindisch er manchmal ist. Und wie krank, was diese Phobie angeht. Deswegen bringe ich ihn auch persönlich nach Reutlingen."

„Mir kommt es eher so vor, als ob Sie ihn sicher nach Reutlingen bringen wollen, damit er nicht unterwegs aussteigt. Kann das sein?“

„Das ist ja eine Unverschämtheit!“ Claires Ton wurde schrill und lauter, vorbei die Momente der Anbiederung.

Elsa wartete ab, was nun käme. Den Hörer zwischen Ohr und Schulter geklemmt, steckte sie den Brief an den Anwalt in einen Umschlag und begann, die Adresse mit der Hand zu schreiben.

„Von Ihnen hätte ich mehr Verständnis erwartet! Ich bin nun wirklich nicht so ein Typ Glucke, sondern großzügig, und ich hätte meinen Sohn sehr gerne unabhängig. Aber wo Sie mit Ihrer Therapie versagt haben, muss ja wohl jemand die Initiative ergreifen, Frau Martens.“

Peng!

Sie hatte aufgelegt. Wie erwartet: Die Schulte-Frey ließ ihren Sohn nicht aus ihren Fängen.

Mit einem Seufzer räumte Elsa den Schreibmaschinentisch auf und legte die Hülle über die Maschine, damit Hanna morgen nicht merkte, dass sie hier getippt hatte. Das gäbe sonst Nachfragen, und sie müsste wieder lügen. Zu anstrengend.

Mit den beiden Briefen in der Hand ging Elsa ins Beratungszimmer, holte ihre Schultertasche und die Wolljacke, löschte das Licht und schloss gerade die Tür zur Praxis ab, als sie ein Summen hörte. Erst konnte sie den Ton gar nicht identifizieren, aber der Rhythmus verriet ihr, dass das Summen vom leisegestellten Telefon kommen musste.

Ein Anruf um diese Zeit, jetzt, um halb acht? Elsa hatte keine Lust auf einen trödeligen Patienten, der eine lange Erklärung gab, warum er erst jetzt ... Glaubten die Leute eigentlich, dass sie in der Praxis wohnen würde? Aber vielleicht war es auch Jan? Er saß bisweilen bis spätabends in der Uni und klingelte dann für einen Gutenachtgruß durch.

Mit dieser Annahme schloss Elsa die Tür wieder auf, tastete nach dem Lichtschalter und nahm den Hörer ab.

Eine Männerstimme sagte: „Guten Abend, Frau Martens. Verzeihen Sie meinen späten Anruf, aber ich bin ja heilfroh, Sie noch zu erwischen."

„Mit wem spreche ich denn?"

„Ach so, hab's vor Aufregung gar nicht gesagt. Tischer."

Elsa überlegte. Tischer? Nie gehört. Kollege von einer Fortbildung? Patient? Potentieller Patient?

„Tut mir leid, Herr Tischer, ich kann Ihren Namen nirgendwo unterbringen."

Leises Lachen auf der anderen Seite, etwas zu hoch für Elsas Geschmack.

„Kann ich mir vorstellen. Herrmann spricht, sollte er mich mal erwähnt haben, von mir eher als Onkel Jo oder Jóachim. Betonung auf der ersten Silbe."

Wieder Kichern, das klang ein wenig eitel und gleichzeitig nervös.

„Ja, jetzt weiß ich Bescheid. Was gibt's?" fragte Elsa kurz. Diese Familie war heute Abend wie die Pest, erst die Mutter, dann deren Bruder.

„Frau Martens, ich würde Sie nicht anrufen, wenn's nicht wichtig wäre", fuhr die Stimme eindringlich fort. „Meine Schwester Claire war vor einer Stunde hier bei mir und hat verlangt, dass Hermann auf der Stelle zu ihr zurückkommt. Als er sich weigerte, hat sie sich wie eine Wilde aufgeführt. Ich habe um meine Bilder gefürchtet, eines hatte sie schon in Händen, um es auf den Boden zu knallen. Sie müssen wissen, ich habe eine Galerie, und da gibt es allerhand Bilder, denen sie den Garaus hätte machen können. Sie hat Hermann schließlich gedroht, sich umzubringen, wenn er nicht sofort mit ihr käme. Er war wie erstarrt, hat nichts gesagt, aber mitgegangen ist er nicht. Jetzt sitzt er da, zittert und spricht immer noch nicht. Meine Schwester ist ja so ein Aas, die erpresst Hermann nach allen Regeln der Kunst. Ich weiß, die bringt sich nicht um, leider, muss ich sagen, denn sie schadet ihrer Umgebung, wo sie geht und steht. Wir haben über die Jahre hinweg eine solide Feindschaft entwickelt. Nun, ich weiß, dass sie nur droht, aber Hermann weiß es nicht. Wenn Claire in ihrer Gereiztheit und in ihrem Sinn für Dramatik etwas passieren sollte, würde Hermann sich ein Leben lang schuldig fühlen. Gleichzeitig hat er von ihr schon so viel Druck bekommen, dass er sich instinktiv ihrem Einfluss zu entziehen versucht. Er ist wie paralysiert. Was soll ich jetzt mit ihm machen? Mir widerstrebt es, ihn jetzt doch zu Claire zu bringen, denn dann hätte sie ihm ja wieder ihren Willen aufgezwungen. Aber hier ist Hermann jetzt nur körperlich anwesend, er fühlt sich nirgends zugehörig."

Etwas atemlos endete Jóachim Tischer diese lange Rede, während Elsa erst ihre Tasche und dann die Jacke wieder abgelegt hatte und auf den Drehstuhl am Schreibmaschinentisch gesunken war.

Diese Schulte-Frey! Von ihrem Auftritt bei ihrem Bruder hatte sie ihr wohlweislich am Telefon nichts erzählt. Sie wollte offensichtlich alle Außeneinflüsse auf ihren Sohn unterbinden, Elsas ebenso wie den Tischers. Und Hermann saß als Opfer zwischen den Stühlen. Ginge er wieder nach Hause, erwarteten ihn Tage des Vorwurfs über den Schmerz, den er seiner Mutter angeblich zugefügt hatte, blieb er bei seinem Onkel, widersetzte er sich den Erwartungen seiner Mutter und war das brutale Charakterschwein, als das sie ihn schon einmal tituliert hatte. Verflixt! Da hatte Claire eine feine Falle aufgestellt, aus der es für Hermann kein Entrinnen gab.

Elsa schossen blitzschnelle Überlegungen durch den Kopf, dann sagte sie: „Hören Sie, Herr Tischer, Sie machen jetzt Folgendes: Sie sagen Hermann, dass er auf jeden Fall bis morgen bei Ihnen bleibt. Sollte er sich morgen entscheiden, doch nach Hause zu gehen, okay. Aber zurzeit kann er die Verantwortung für eine Entscheidung nicht übernehmen, daher tue ich es. Sorgen Sie für sein leibliches Wohl. Seien Sie nicht enttäuscht, wenn er alles von Ihnen ablehnt oder gar nicht reagiert. Sagen Sie ihm, ich hätte angeordnet, dass er vorerst bei Ihnen bleibt. Rufen Sie mich morgen um elf Uhr hier an, und berichten Sie mir, wie es Hermann geht."

„In Ordnung, Frau Martens, wird gemacht." In Tischers Stimme war deutlich Erleichterung zu hören.

Auf der Fahrt nach Hause wunderte sich Elsa über sich selbst: Sie hatte gelernt, nicht für andere zu entscheiden, sondern den Impulsen und Kräften der Ratsuchenden nachzugehen und sie zu stärken, soweit das möglich war. Aber Claire Schulte-Freys neuestes Psychospiel hatte in ihr den starken Wunsch hervorgerufen, den Sohn vor der Mutter zu schützen.

Elsa fühlte, dass sich in ihr etwas zu verändern begann: Sie war ... beschwingt, ja, das war das richtige Wort. Anscheinend bin ich froh darüber, für Hermann entschieden zu haben. Dann war es auch richtig, dachte sie.

Vor ihrem geistigen Auge tauchte plötzlich das Kalenderblatt vom 8. August auf. Sie hatte alle nachfolgenden Kalenderblätter vernichtet, ein symbolischer Akt, gewiss, aber ohne Selbstmitleid. Elsas Tage waren nicht gezählt, sie hatte sie selbst gezählt. Noch sechs Wochen Zeit: Es könnte ihr gelingen, die Schulte-Frey zu beseitigen. Sie müsste nur herauskriegen, wie an diese Frau heranzukommen war. Aber das müsste doch zu schaffen sein!

Als sie ihr Auto auf dem Hof parkte, war in ihr die Entscheidung gefallen: Sie würde Anfang Juli die Praxis schließen und sich auf die Fährte der Schulte-Frey begeben.

Elsa war sich nie sicher gewesen, ob sie an Gott glaubte oder nicht. Wenn sie überhaupt eine Vorstellung von ihm hatte, so ging die in Richtung der Figuren von Jean Effel: ein glatzköpfiger, alter Mann mit Rauschebart, im Nachthemd und mit Knollennase. Da saß der Alte auf einer weißen Wolke und guckte mit sichtlicher Schadenfreude auf die Menschen herunter, die sich abrackerten, ihr Schicksal zu formen und ihr Leben zu bestimmen. Dabei hatte der Alte in seiner ledergebundenen Schwarte schon alles niedergeschrieben. Komischer Sinn für Humor! Und eine rechte Herausforderung, dem Alten doch ein Schnippchen zu schlagen und ein bisschen cleverer zu sein als er. Wenn Elsa die Schulte-Frey umbrachte, strich er dann in seinem Buch was durch? Radierte er es aus? Oder schrieb er die Lebensgeschichte von Claire neu? Oder waren in Gottes „Handbuch der Menschen“ nur die allgemeinen Charakterzüge festgehalten, mit denen die Menschen ausgestattet waren, aber was sie damit anstellten, wie sie ihre Fähigkeiten nutzten und wofür – war das offen?

Donnerstag, den 21.06.1984, abends

Wolf Brinkmann drückte im Aufzug auf den obersten Knopf. Die Tür ging zu, und er sah, wie die verschiedenen Knöpfe bei der jeweiligen Etage, an der er vorbeikam, aufleuchteten. Als der Aufzug im elften Stock stehenblieb, wartete er das kurze Nachschwingen des Aufzugs ab, die Tür ging auf, und Wolf wandte sich zur Treppe, die er eilig emporstieg. Sein Freund wohnte im Penthouse, wo auch gleichzeitig dessen Galerie untergebracht war.

Jóachim öffnete. „Komm rein, Kumpel. Wo brennt’s denn?“

Sie traten beide in den riesigen Raum, dessen Wände voller Bilder hingen, von Deckenstrahlern ins rechte Licht gesetzt. In der Mitte des Raumes stand eine streng blickende Statue, die Wolf umgehend an Claire erinnerte. Eine Front des Raumes bestand aus einer durchgängigen Glaswand. Die an die Seiten gezogenen Lamellenjalousien gaben den Blick auf den abendlichen Himmel und die leuchtende Stadt frei. Von hier oben sah Bochum wunderbar aus! Eine zarte Mondsichel stand wie eine Feder dekorativ im mittleren Fenster, als hätte Jóachim sie dort platziert, am Horizont glühte ein letzter roter Streifen, der in ein fades Gelb auslief. Sonst war Wolf von diesem Anblick immer hingerissen, aber heute war er so voller Jammer, dass er die Schönheit dieses Bildes nicht würdigen konnte.

Er nahm sein helles Wildlederblouson ab, das er über die Schultern gelegt hatte, und folgte Jóachim durch die Tür, auf der in schlichter goldener Schrift „Privat“ stand. Wie in Hotels, dachte Wolf kurz. Hinter dieser Tür begann Jóachims überraschend gemütliche, weitläufige Wohnung, die im Gegensatz zu der an Möbeln kargen Galerie durch kleine Sofas mit weichen Kissen, indirekter Beleuchtung und vielen Grünpflanzen den Eindruck machte, dass hier ein Junggeselle mit Geld, gutem Geschmack und dem Bedürfnis nach Rückzug für seine Behaglichkeit zu sorgen wusste.

Wolf ließ sich schwer in einen tiefen Ledersessel fallen und streckte seine langen Beine von sich.

„Jo, du musst mir helfen. Es geht um deine Schwester.“ Abgrundtiefer Seufzer.

Jóachim, der neben einem kleinen Mahagonitischchen stand, wo er im Begriff war, zwei Cognacgläser zu füllen, drehte sich ihm mit angewiderter Miene zu.

„Oh, Schreck lass nach! Was Claire angeht, so bin ich als Helfer von Herzen ungeeignet. Hat sie dir in den Hintern getreten? Sähe ihr ähnlich. Macht sie immer, wenn's ihr zu nah wird.“

Wolf fand, dass so etwas wie „in den Hintern treten“ Claire ganz und gar nicht ähnlich sah, weil es viel zu ordinär wäre, aber er wollte Jóachims Bemerkung lieber nicht kommentieren. Geschwister hatten sicher eine andere Sichtweise voneinander als deren Partner.

„Jo, du weißt, sie und ich sind seit gut einem Jahr zusammen. Nun hat sie mir vor bald drei Wochen aus heiterem Himmel den Laufpass gegeben. Dabei lief es so gut, ich weiß also gar nicht, warum. Und ich dachte, du bist vielleicht etwas besser informiert, oder du kannst für mich bei Claire vermitteln, oder ... Ich weiß auch nicht, vielleicht wollte ich nur mit dir sprechen, weil du ihr Bruder bist und ich auf diese Weise indirekt mit ihr zu tun habe. Sie hat mir furchtbare Tage bereitet, und so manche Nacht habe ich kein Auge zugetan."

Sein hübsches, ebenmäßiges Gesicht sah fahl und angestrengt aus.

Jóachim stellte ein Glas vor Wolf auf das niedrige Glastischchen und sank dann Wolf gegenüber in ein Zwillingsstück des Ledersessels. Vorsichtig balancierte er sein Glas in der Hand.

„Da bist du nicht der Erste, dem sie eine schlaflose Nacht bereitet!" Jóachim lachte kurz auf. „Aber im Ernst, Wolf, was sollte ich bei Claire schon erreichen? Die hat ihren eigenen Kopf, und der ist voller Launen. Ich habe mein Leben lang Schwierigkeiten mit meiner älteren Schwester gehabt. Wie ich sie kenne, dreht sich bei ihr alles um ihre eigene, wertvolle Person, und ob sie bei ihren Entscheidungen jemanden verletzt, ist ihr wirklich egal."

„Weißt du was von einem neuen Freund? Gibt es für Claire einen anderen?"

Jóachim schien zu überlegen und ließ seinen Cognac im Glas kreisen. Zurzeit sah er Claire weniger als seine Schwester, sondern als Mutter eines anständigen, schüchternen Jungen, der zwei Zimmertüren weiter einen lateinischen Übungstext übersetzte; eines jungen Studenten, den er heute Morgen zur Uni gefahren hatte, und der auf der Rückfahrt von der Uni an einem Stück von zu Hause erzählt hatte. Es war, als wäre in Hermann eine angestaute Blase geplatzt, und aus dieser sprudelte eine Flut von Erniedrigungen und Demütigungen. Claire als Liebende? Das konnte Jóachim sich nicht vorstellen. Eher als Spinne, die alles, was ihr diente und passte, in ihrem Netz fing.

„Ich weiß es nicht, Wolf. So freimütig ist meine gute Schwester nicht mit ihren Geständnissen."

In diesem Augenblick klappte eine Tür, Schritte wurden hörbar, teppichgedämpft, und Hermann erschien.

„Oh, du hast Besuch? Ich wollte nicht stören."

„Du störst nie, Hermann. Das ist mein Freund, Wolf Brinkmann." Und zu Wolf gewandt mit ausdruckslosem Gesicht: „Das ist mein Neffe, Hermann Schulte-Frey."

„Angenehm!"

Wolf erhob sich steif und gab Hermann die Hand. Claires Sohn! Ganz selten war zwischen ihnen die Rede von ihm gewesen. Hatte der nicht irgendeine Krankheit, aber was war das noch?

„Kommst du gut voran mit diesem unleserlichen Text, Hermann?"

Hermann grinste seinen Onkel an. „Bin fertig. Ich gehe jetzt ins Bett. Schönen Abend noch."

Höflich drehte er sich zu Wolf um, deutete einen Diener an und winkte seinem Onkel zu. Er verschwand im Bad, wenig später hörten die beiden Männer eine Dusche rauschen.

Wolf blickte unbehaglich auf seine hellen, weichen Slipper; widerstreitende Gefühle machten ihn unfähig, Jóachim weiterhin nach Claire zu befragen. Er hatte den dumpfen Eindruck, dass er ihm etwas verschwieg oder so sehr mit etwas anderem beschäftigt war, dass er sich nicht wie gewohnt heiter und offen gab. Was wusste er eigentlich von Jóachim, kannte er ihn genügend, um sich von ihm Hilfe zu erhoffen? Vielleicht war er der Busenfreund seines Schwagers? Wie hieß Claires Mann noch mal? Ach ja, Kurt. Was, wenn Jóachim deswegen so verschlossen war, weil er sich mit Kurt solidarisch fühlte? Und den Schwager schützen wollte? Wenn ja, wovor?

Zu viele Fragen! Vorsichtig schaute Wolf zu Jóachim. Meist sahen die beiden sich bei gesellschaftlichen Anlässen, höchst selten zu zweit so wie jetzt. Wolf bemerkte, dass auch sein Gegenüber in Gedanken versunken war, wobei er versonnen in sein Glas schaute. Wolf rappelte sich aus dem Ledersessel hoch.

„Jo, danke für den Cognac. Ich muss gehen, morgen habe ich einen schweren Tag. Wir sehen uns ja bei Andreas Türmer, nicht? Sein Haus ist fertig, und wie ich von Andy gehört habe, hast du die Halle mit einem Bild bestückt. Bist du eigentlich am nächsten Wochenende erreichbar? Falls mir nach einem Anruf zumute ist." Wolf lächelte schief.

Jóachim setzte sein Glas ab und erhob sich.

„Da fahre ich nach Amsterdam und komme erst am Sonntagabend zurück."

„Beruflich?"

„Halb, halb." Ein Grinsen mit Zwinkern.

Mit erzwungener Fröhlichkeit sagte Wolf: „Da steckt wohl eine Frau dahinter, was?"

„Wer weiß ..." Jóachim lachte leise und wischte dann das Thema mit einer leichten Geste zur Seite. Wolf schoss es blitzschnell durch den Kopf, dass er an Jóachims Seite schon unzählige, sehr schöne Frauen gesehen hatte, aber noch nie eine Dauerfreundin. „Halt dich wacker, Kumpel. Wenn du mich fragst, Claire ist keine Träne wert. Aber das wird dich nicht trösten, wenn ich dir das sage. Mach's gut."

An der Tür winkte Jóachim Wolf nach, bis der die Treppe zum Fahrstuhl hinuntergelaufen war.

Im Aufzug ging Wolf die Äußerungen über Claire noch einmal durch, und eine erschreckende Ahnung kroch in ihm hoch: Jóachim musste etwas von einem neuen Partner Claires wissen, warum sonst hatte er gesagt, seine Schwester würde nicht nur ihm, Wolf, eine schlaflose Nacht bereiten? Und warum hatte er gesagt, sie sei launisch und keine Träne wert? Das konnte doch nur heißen, dass sie nach Lust und Laune ihre Gunst verschenkte oder abzog. Und dann dieses ungewöhnliche Introvertierte von Jóachim. Hatte er auf Wolfs Frage nach einem anderen Mann bei Claire nicht erst einmal lange geschwiegen?

Wenn es da keinen anderen Mann in ihrem Leben gäbe, selbst wenn Jóachim nichts Genaues wüsste, sondern nur nach seinem Eindruck urteilte: Hätte er dann nicht spontan erklären müssen, das könne er sich nicht vorstellen?

Wolf verließ das Hochhaus am Lohring in dem sicheren Gefühl, ein Mann zu sein, der gegen einen Rivalen verloren hatte. Ein boshafter Kobold saß mit schwerer Last auf seiner Brust, trommelte mit einer Faust auf sein Herz und drückte ihm mit der anderen Hand die Kehle zu.

Montag, den 2.07.1984, morgens

Ein klarer Sommerhimmel spannte sich über die weißen Bauten der Uni. Elsa stand an diesem Morgen an ihrem Schlafzimmerfenster, das nach Norden hin lag, ein Toastbrot in der Hand, von dem sie gedankenverloren abbiss, und betrachtete die verbliebenen Nebelschwaden, die sich über den Wiesen zur Uni hin hielten. Die G- und N-Gebäude wurden von der Sonne schon hell angestrahlt, so dass sie aussahen wie die Bugs von Luxuslinern.

Als die Wohnungsglocke anschlug, fuhr sie ein bisschen zusammen, denn sie hatte die Klingel schon lange nicht mehr gehört. Sie empfand das Geräusch als fremd, wie zu einer anderen Welt gehörig. Sie wandte sich vom Fenster ab, ging in den Flur und drückte auf den Knopf der Sprechanlage.

„Hallo?“

„Wir kommen wegen der Möbel!“

Ausgerechnet jetzt! Aber wann wäre ein besserer Zeitpunkt gewesen? Elsa bemerkte ihren unverständlichen Anflug von Ärger über die Störung durch die Studenten, doch als sie dann in der Wohnungstür standen, musste sie sich ihr Lachen verkneifen: Die beiden, die sich auf ihren Aushang hin hierher begeben hatten, sahen aus wie Stan Laurel und Oliver Hardy. Der eine war groß und breit, rundgesichtig, mit rötlichen Pausbacken. Der andere war dünn; seine zu langen Hosen stießen in Wellen auf seine Sandalen. Über seinem blassen, länglichen Gesicht thronte ein Haarschopf, der aussah wie ein verrutschtes Toupet. Vielleicht schnitt er sich die Haare selbst.

Elsa wies auf das Sofa und den Sessel und sagte aus einem plötzlichen Impuls heraus: „Tut mir leid, die Regale und den Esstisch kann ich nicht abgeben."

Da ihr keine Erklärung einfiel, schwieg sie.

Der Große zuckte die Achseln und schaute den Dünnen an, der daraufhin die Augenbrauen hochzog. Elsa erwartete förmlich, dass er sich jetzt wie Stan Laurel mit einer Hand auf dem Kopf raschelnd kratzen würde. Er tat es aber nicht.

Mit Hauruck und Geächze trugen beide zunächst das Sofa in den Hausflur, dann kamen sie noch einmal, um Sessel und Teppich zu holen und sich brav zu bedanken. Oliver Hardy warf dabei noch einen sehnsüchtigen Blick auf Elsas Glasvitrine im Flur. Wo das Sofa gestanden hatte, fand Elsa die schriftliche Verwarnung des Ordnungsamtes für falsches Parken (eine Spezialität von ihr), die sie Wochen zuvor tagelang gesucht hatte.

Elsa entschied sich, auch sofort aufzubrechen. Sie nahm die Umhängetasche (Schlüssel da?) und zog die Tür hinter sich ins Schloss. Der Sommermorgen empfing sie mit einer sauberen Kühle. Als sie von der Haarstraße an die Anschlussstelle Witten-Heven kam und auf die A43 auffuhr, hatte sie ein Gefühl von Befreiung, wie sie es früher empfunden hatte, wenn sie in die Ferien fuhr. Dabei war sie doch nur auf dem Weg in einen anderen Stadtteil, um auszukundschaften, wie Claire Schulte-Freys Tagesablauf aussah und bei welcher Gelegenheit es günstig war, sie zu töten!

Sie wollte in der Nähe des Schulte-Frey'schen Hauses parken, um Hermanns Mutter zu folgen, sollte sie aus dem Hause kommen. Elsa überlegte, welche Tötungsarten sie sich überhaupt zutraute. Sie schreckte davor zurück, Claire mit dem Auto zu überfahren, weil ihr die Vorstellung einfach ekelhaft war, über einen menschlichen Körper zu fahren. Aber sie sah sich imstande, unter dem Vorwand, mit ihr über Hermann sprechen zu wollen, sich bei Claire einzuladen und ihr dann Digitalis in den Kaffee zu tun oder ein Betäubungsmittel, so dass sie Claire dann mit einem Kissen ersticken konnte. Aber eigentlich fand sie es auch widerlich, sie so lange, und sei es durch ein Kissen, anfassen zu müssen! Schon jetzt spürte sie die Kraft von Claires sich wehrenden Armen und hörte die erstickten Schreie, die ihr trotz des Kissens sehr laut erscheinen würden. Sie konnte sich höchstens vorstellen, wenn ein Mord außerhalb des Hauses möglich wäre, Claire vor einen Zug zu stoßen, aber mehr an direktem Kontakt war nicht denkbar. Nicht schießen (zu blutig), nicht strangulieren, würgen oder erstechen. Nein, das nicht.

Ich bin ja eine tolle Mörderin, dachte Elsa. Wenn mir so wenige Möglichkeiten zu töten übrig bleiben, muss ich womöglich bis Weihnachten warten. Sie sah den 8. August als Kalenderblatt vor ihrem inneren Auge.

Als sie nach einer halben Stunde in der Hiltroper Landwehr schräg gegenüber von Schulte-Freys Haus parkte, merkte sie plötzlich, dass sie aufgeregt wurde. Aufgeregt! Ein verlorengeglaubtes Gefühl! Elsa richtete den Rückspiegel so, dass sie die Haustür im Blickfeld hatte und stellte sich auf eine lange Wartezeit ein. Die Sonne stand jetzt höher, es wurde warm im Auto. Elsa drehte das Fenster herunter, rauchte und betrachtete die Straße. Schaute in den Rückspiegel. Nichts. Selten fuhr ein Auto durch die Straße, noch seltener ging ein Passant vorbei. Dann hielt ein Postauto vor der Nummer 18, ein junger Beamter sprang mit einem Päckchen in der Hand heraus und fummelte am Gartentor herum. Als er die Pforte gerade hinter sich geschlossen hatte, öffnete sich die Haustür, aber Elsa konnte nicht erkennen, wer dem Postboten das Päckchen abnahm.

Sie klappte die Sichtblende herunter und guckte in den Rückspiegel. Der Postbote ging jetzt wieder auf seinen VW-Bus zu. Die Haustür war geschlossen.

Elsa schloss gegen die Helligkeit draußen die Augen. Behaglich war es im Auto, warm, sie hörte Geräusche von weit her: einmal ein fernes Hundegebell, dann ein Flugzeug. Durch ein geöffnetes Fenster war Klaviermusik zu vernehmen (Mozarts „Wiener Sonatine"). Sommergeräusche. In dieser Atmosphäre und in diesem Augenblick konnte Elsa sich kaum noch vorstellen, dass sie ihre Wochenenden und Abende im Bett verbracht hatte, um nichts zu hören und nichts zu sehen. Ihr Entsetzen über ihr eigenes, leeres Leben hatte sie erstarren lassen. Dann kam eine Zeit der Panik. Als die abgeklungen war und sie wieder geordnet denken konnte, hatte sie sich entschieden. Danach kehrte Ruhe in ihr ein, und sie konnte ohne jegliche Gemütsbewegung ihre Vorbereitungen treffen.

Warum hatte sie den Studenten am Morgen nicht wenigstens den Esstisch mitgegeben? Gut, die Regale waren noch nicht ausgeräumt gewesen, und es hätte zu lange gedauert, die Bücher in Kisten zu packen, um sie zum Papiercontainer zu fahren. Und dann die erstaunliche Entdeckung, an diesem Morgen Ärger und vorhin Aufregung gespürt zu haben! Elsas Busenfreundin Jutta (Himmel, ich habe vergessen, sie anzurufen. Sie macht sich Sorgen über mein Schweigen, das muss nicht sein.) hatte zu ihr einmal gesagt, als Elsa ihr die Merkmale der Depression nannte: „Ja, wenn ich nicht mehr weinen und nicht mehr lachen kann, dann kann ich auch gleich sterben." Eben!

Elsa sah Juttas Gesicht mit den flinken Augen vor sich, hörte förmlich ihr manchmal unkontrolliertes Lachen, was schon deswegen erstaunlich war, weil sie nach Elsas Vorstellung dem Prototypen einer Dame entsprach. Weil sie losprusten konnte und ihre damenhafte Haltung mit Herz und Geist beseelt war, hatte Elsa sich schnell zu ihr hingezogen gefühlt.

❖

Ein Rentner schlurfte an dem Auto vorbei, dessen Seitenfenster heruntergekurbelt war. Auf dem Fahrersitz des R8 saß eine dunkelhaarige Frau, den Kopf etwas schief an die Kopfstütze gelehnt. Sie schlief und lächelte im Traum. Es muss herrlich sein, noch einmal in der Mitte des Lebens zu stehen und so entspannt schlafen zu können. Das geht doch nur, wenn das Leben ausgefüllt ist bis zum Rand! Und wenn man voller Pläne ist, was man im Leben noch alles erreichen will. Ein wunderbares Alter! dachte der alte Herr.

Dienstag, den 3.07.1984, mittags

Ein dichter Menschenstrom kam die Treppe vom Bahnsteig herunter und gab Wolf Brinkmann die Möglichkeit, sich unbemerkt weiterhin an Claires Fersen zu heften. Er hatte sie von der Straßenbahnhaltestelle aus mit dem Auto verfolgt, schön mit Abstand, wie er es aus dem Fernsehen kannte; jetzt stand sein Auto im Halteverbot vor dem Bahnhof. Sei's drum!

Claire hatte eine große Badetasche über die Schulter gehängt und trug einen Sommerhut mit heruntergeklappter Krempe, eine Neuheit an ihr, die Wolf nicht kannte.

Dienstag war ihr Saunatag, wie Wolf wusste, aber ihm war der Verdacht gekommen, dass sie diesen Nachmittag nicht immer mit ihren Freundinnen verbrachte, sondern heute den Neuen traf. Das Nachspüren gab ihm ein Gefühl grimmiger Genugtuung. Es half ihm, etwas zu unternehmen, zu handeln, statt am Zeichenbrett oder im Kollegengespräch von der Qual besessen zu sein, sich immer wieder ausmalen zu müssen, wie Claire gerade ...

Vorsichtig lugte er über die oberste Stufe der Treppe: Claire stand mit dem Rücken zu ihm ganz hinten auf dem Bahnsteig.

Wolf flitzte auf die einzige Telefonzelle zu, ergriff den Hörer und tat so, als telefoniere er. Über seine Schulter blickend, behielt er sie im Auge, während sie anscheinend auf die nächste S-Bahn wartete.

Der Zeiger der großen Bahnhofsuhr rückte gerade mit einem Nachzittern auf den nächsten schwarzen Strich, als Wolf sah, wie ein großer Mann im hellen, offenen Regenmantel auf Claire zutrat. Er grüßte sie, ohne ihr die Hand zu geben. Wolf wäre beinahe der Hörer aus der feuchten Linken gerutscht.

Sie sprach eindringlich auf den Mann ein. Wolf konnte ihren Gesichtsausdruck nicht erkennen, da die Hutkrempe ihr Gesicht beschattete. An dem belebten Spiel ihrer Hände glaubte er zu erkennen, dass sie engagiert und heftig bewegt war. Jetzt griff der Mann in die Innentasche seines Mantels und zog einen braunen Briefumschlag hervor, den sie entgegennahm und in ihre große Tasche steckte. Der Mann reichte ihr die Hand, offensichtlich zum Abschied, während er noch mit ihr sprach. Wie lange wollte der denn noch ihre Hand halten! Jetzt drehte er sich um und kam auf die Telefonzelle zu; Claire sah lächelnd hinter ihm her.

Wolf wandte sich blitzschnell um und starrte auf die Maserung des Telefonapparates, ohne etwas zu sehen. Als der Mann auf der Höhe des Telefonhäuschens war, riskierte Wolf einen Blick auf dessen Gesicht. Eine fein gebogene Nase, Schnäuzer, unauffällig gekleidet, gepflegtes Haar, entschlossener Mund. Um Mitte vierzig. So also musste man (Mann!) aussehen, um Claire aus einer Beziehung loszueisen, die doch perfekt gewesen war. Dieser ... dieser Macho hatte ihn bei Claire ausgestochen! Wolf wurde es flau im Magen.

Die gelbe S-Bahn fuhr mit Geschwindigkeit auf dem Gleis ein und kam mit einem Ruck zum Stehen. Claire verschwand ins Innere des Waggons.

Wolf hängte den Hörer in die Gabel. Eine Ansage im Lautsprecher dröhnte in seinen Ohren, ohne dass er die Worte verstand. Er suchte mit den Augen nach dem hochgewachsenen Mann. Auf der Treppe war er schon nicht mehr zu sehen. Wolf drückte die sperrige Tür der Telefonzelle auf und drängte sich an den Leuten vorbei die Treppe hinunter und sah, wie der Mann gerade durch die Bahnhofshalle auf eine der Ausgangstüren zuschritt. Wolf sprintete hinter ihm her, um zu sehen, wohin er ging. Als er keuchend vor die Bahnhofshalle kam, sah er, wie der Mann gerade im Fond eines Taxis Platz nahm und die Tür energisch zuzog.

Wolf zitterten die Knie, ob vor Wut oder Anstrengung wusste er nicht. Mit gesenktem Kopf ging er zu seinem silbergrauen Peugeot, sah einen hellblauen Strafzettel an der Windschutzscheibe kleben, nahm ihn nicht ab, sondern setzte sich schwerfällig ins Auto. Dort blieb er mit leerem Blick sitzen und fühlte, wie der Kobold wieder seine Kehle zudrückte. Diesmal hatte er auch noch ein Messer mitgebracht, das er genüsslich in seinem Herzen umdrehte.

❖

Elsa traute ihren Augen nicht. Bei der Verfolgung Claires war ihr bis zum Bahnhof nichts aufgefallen, erst auf dem Weg zum Bahnsteig, den sie mit unbeteiligtem Gesicht, aber innerlich höchst aufmerksam entlangging, bemerkte sie, dass vor ihr ein junger, hübscher Mann offensichtlich auch auf Claires Fährte war. Auf dem Bahnsteig blieb Elsa neben der Treppe stehen und schaute die Gleise hinunter, als wartete sie sehnsüchtig auf die Bahn. Aus den Augenwinkeln sah sie den Hübschen in der einzigen Telefonzelle auf dem Bahnsteig verschwinden und bemerkte mit Vergnügen, dass er zwar den Hörer ans Ohr hielt, aber keine Nummer gewählt hatte.

Als sie sich Claire wieder zuwandte, sah sie diese im Gespräch mit einem Typ im Regenmantel. Das Gesicht des Hübschen in der Telefonzelle blickte angestrengt zu den beiden hinüber. Jedem betrunkenen, tauben und blinden Kind musste auffallen, dass er nur so tat, als telefoniere er! Und warum wohl? Sein Gesicht sprach Bände: Sehnsucht paarte sich mit Wut, Vorsicht mit Neugier. Jetzt sah Elsa, wie ein Umschlag seinen Besitzer wechselte. Um was mochte es zwischen diesen beiden gehen?

Als Claire in der S-Bahn verschwunden, der Regenmantel die Treppe hinuntergegangen war und der Hübsche die Telefonzelle verlassen hatte, blieb Elsa noch einen Augenblick stehen, um ihre Gedanken zu sortieren. Dann stieg auch sie nachdenklich die Treppe hinunter, ging durch die Bahnhofshalle und zu ihrem Auto, das sie diesmal ordnungsgemäß abgestellt hatte.

Dienstag schien ein Tag zu sein, an dem Claire Schulte-Frey sich mit der S-Bahn fortbewegte. Ihre Tasche ließ auf einen Besuch im Schwimmbad schließen oder in einer Sauna; obenauf hatte Elsa ein Frotteehandtuch bemerkt.

Als Elsa vom Bahnhofsvorplatz fuhr, sah sie den Hübschen mit hängendem Kopf in einem silbergrauen Wagen sitzen. Natürlich, wenn da einer in solch einer Haltung herumsaß, der die Schulte-Frey auch verfolgt hatte, die sich mit einem anderen Mann traf – das konnte nur ein enttäuschter Liebhaber sein.

Sieh mal an, diese Schulte-Frey! Da hat sie sich aber wohl gerade einen Feind geschaffen. Aber leid kann er einem schon tun, so wie der aus der Wäsche guckt, dachte Elsa.

Dann fuhr sie nach Hause, um ihre nächsten Schritte der Operation Claire neu zu überdenken. Schließlich gab es den Hübschen und den Regenmantel, die auch an Claires Fersen zu kleben schienen, da musste sie sich schon einen guten Plan ausdenken, um nicht entdeckt zu werden. Sie würde sich auf den Balkon in die Sonne setzen, die Füße hochlegen und einen Kaffee trinken. Diese Aussicht war doch ganz vergnüglich.

❖

Claire sah die Häuser und Hinterhöfe der Stadt an sich vorbei fliegen. Sie triumphierte. Was sie eben auf dem Bahnsteig gehört und bekommen hatte, gab ihr eine so unglaublich effektvolle Waffe in die Hand, dass sie dadurch alles fordern konnte!

Genüsslich lehnte sie sich auf ihrem Sitz zurück. Sie lauschte müßig zwei Frauen, die hinter ihr saßen.

„Ich nehme immer eine weiche Zahnbürste, weil der Zahnarzt das gesagt hat, aber lieber habe ich eine mittelharte."

„Mir hat er dann die Krone abgemacht, also ein Geräusch ist das, widerlich! Und dann hat er die Wurzel behandelt. Dieses Geräusch vom Sauger im Mund kann ich nun mal gar nicht leiden. Ungefähr so." Die Sprecherin machte einen gurgelnden Laut mit anschließendem Zischen.

„Die ganz harten machen den Zahnschmelz kaputt, und ich finde die im Mund auch nicht angenehm. Aber die mittelharten ..."

Claire verzog spöttisch den Mund über das Gespräch dieser beiden Frauen, die es fertig brachten zu reden, ohne miteinander zu sprechen. So etwas merkte Claire durchaus, dumm war sie ja nicht.

Kurt ist heute noch lange im Hotel, da kann ich mir abends Zeit lassen mit den anderen. Ich muss ihm mal wieder ein bisschen Freundlichkeit zukommen lassen. Er hat sich in letzter Zeit doch zu sehr in sich zurück gezogen, und ich erfahre dadurch zu wenig von den Geschäften, dachte Claire.

Ein junger Mann ging durch den Mittelgang und stellte sich vor die Tür. Seine dunklen Haare und der Schnitt erinnerten Claire an Hermann. Sie lächelte böse vor sich hin. Warte nur ab, mein Kleiner, bald bist du wieder bei mir.

Wohlgemut ergriff sie ihre Tasche und schritt, das Rütteln des Zuges ausgleichend, langsam auf die Tür zu. Die Bahn verlangsamte ihre Fahrt. Ankunft in Essen. Durch eines der getönten Fenster konnte Claire Inge-Luise auf dem Bahnsteig stehen sehen. Bevor sich die Türen öffneten, schob Claire den braunen Umschlag tiefer in ihre Badetasche.

Siebtes Treffen der drei Freundinnen

„Der Abstand war einfach zu lange, meine Lieben“, beschwert sich Bella. „Zwei Monate! Da vergesse ich ja, was ich noch alles sagen und fragen wollte. Das nächste Mal müssen wir uns wieder in vier Wochen treffen.“

Judith nickt. „Wohl wahr. Ich habe mir einfach ein paar Stichpunkte gemacht, damit ich nicht vergesse, was ich euch sagen will. Als Erstes“, wendet sie sich an Dagmar, „habe ich ja nicht glauben wollen, dass diese Elsa ihren Plan, Claire umzubringen, wirklich umsetzen will. Und dann fiel mir auf: So ganz leise tritt ihre Todessehnsucht in den Hintergrund, weil sie wieder ein Ziel hat. Ich frage mich, wie das wird, wenn sie Claire wirklich getötet hat, will sie sich dann wieder selbst umbringen?“

„Warte mal ab. Ich verrate noch nichts. Wie steht es eigentlich mit eurer Sympathie Elsa gegenüber? Mögt ihr sie noch leiden, auch wenn sie fest entschlossen ist, einen Mord zu begehen?“

„Doch, bei so einem Opfer wie Claire hat sie meine volle Zustimmung! Wäre was anderes, wenn sie einen Sympathieträger umbringen wollte.“

„Findet ihr das denn in Ordnung, dass jemand so ein Ziel hat? Stellt euch vor, in eurer näheren Umgebung sagt euch jemand: ‚Mein Chef oder mein Lehrer ist eine ganz fiese Socke, den bringe ich jetzt um.‘ Da würdet ihr doch was dagegen sagen oder sogar einschreiten, nicht?“

„Natürlich, aber du schreibst ja einen Krimi und nicht über das wirkliche Leben.“

„Ach, kann man so nicht sagen, da ist ja auch ein bisschen was Wahres dran. Kennt ihr nicht die geheimen Gedanken, jemandem so richtig schaden zu wollen, der euch wehgetan hat oder ungerecht war oder euch willentlich geschadet hat? Ich kenne solche Wünsche und würde auch von jedem anderen

Menschen annehmen, dass er solche Regungen hat. Der Teil der Geschichte ist also der realistische. Aber wir setzen unsere Ideen nicht in die Tat um, und das ist auch gut so. Pit erzählt mir manchmal, aus was für nichtigen Anlässen er jemanden umbringen könnte, da bin ich nur froh, dass er keine Waffe hat. Denn wenn nicht nur der Impuls so groß ist, sondern auch noch die Gelegenheit zur Hand ist, also wenn jemand zum Beispiel eine Pistole oder ein Messer hat, dann ist die Gefahr vermutlich größer, dass noch mehr geschieht als sowieso schon."

„Ich dachte immer, Pit sei so ein Gemütsmensch, den regt nichts auf", meint Bella. „Sag mal ein Beispiel, was ihn so aufregt, dass er Mordgelüste bekommt!"

„Immer dann, wenn Menschen nicht mitdenken, geht ihm, bildlich gesprochen, das Messer in der Tasche auf. Da reicht es, dass Leute an der S-Bahn-Station nicht zur Seite treten, so dass die Menschen, die aussteigen wollen, nicht aus dem Zug kommen. Oder jene Herrschaften, die am Ende der Rolltreppe stehen bleiben, um sich ihren Einkaufszettel anzusehen, so dass die Nachfolgenden nicht an ihnen vorbei kommen. Es sind diese Kleinigkeiten. Wenn er aber wirklich mal eine schwere Attacke abwehren muss, so psychisch meine ich, da ist er dann ganz überlegt und sogar überlegen. Ich weiß noch, wie mich das gewundert hat, als ein Autohändler ihn mal ganz schamlos abzocken wollte. Anstatt Schaum vor dem Mund zu bekommen, hat er ganz kühl reagiert und ja letztlich auch den Handel rückgängig machen können."

„Mich regt Feigheit so sehr auf, dass ich Amok laufen könnte. Wir waren in der Sozietät ja fünf Anwälte. Als der alte Gollum krank wurde und seine Mandanten an Herzog abgab, hat der in einem Prozess mal einen Riesenbock geschossen, weil er einfach die Akten nicht genügend kannte. War zu faul, um alles genau zu lesen. Der Mandant hatte dadurch einen Verlust von zwanzigtausend Euro, der hat sich dann später bei Gollum noch schriftlich beschwert, dass jemand wie Herzog ihn vertreten hat. Da hat sich Gollum dann bei dem Mandanten entschuldigt, Herzog dachte nicht mal daran! Das meine ich, nicht geradestehen für seine Fehler, das regt mich wahnsinnig auf." Judiths Stimme hat sich inzwischen hochgeschraubt.

„Nee, so eine falsche Sau", sagt Bella, woran man merkt, dass sie sich genauso über die Haltung von Judiths Ex-Kollegen ärgert. „Dem würde ich in den Briefkasten kacken!"

„Bella!" schreien Dagmar und Judith gleichzeitig auf.

„Ist doch wahr! Und du, liebe Daggi, halt du dich mal ganz geschlossen! Du lässt ja sogar Leute umbringen, zwar nur stellvertretend, aber immerhin. Dagegen bin ich doch harmlos." Sie grinst die Freundinnen ganz lieb an.

„Bella, was bringt dich denn auf die Palme?" fragt Dagmar und beugt sich zu ihr hinüber. „Gibt es bei dir auch solche typischen Situationen, in denen es innerlich an dir zerrt?"

„Na klar gibt es die! Immer, wenn es um körperliche Gewalt geht, da werde ich zur Furie. Ich finde, man kann einander anschreien, fluchen und von Herzen beleidigen, aber wenn jemand handgreiflich wird, dann bekomme ich unkontrollierbare Gefühle. Ich kann mir noch nicht mal einen Boxkampf ansehen, obwohl die Beteiligten ja mit dem Geschehen einverstanden sind. Aber den eigenen oder den Körper des anderen willkürlich und absichtlich zu demolieren – das finde ich unmoralisch und gegen die Natur. Gut, in der Natur gibt es auch das Recht des Stärkeren, und insofern ist das Kräftemessen zwischen Menschen auch natürlich, aber doch nicht, indem man sich gegenseitig die Fresse poliert!" Bellas innere Erregung spiegelt sich, wie so häufig, in ihrer Wortwahl wider. „Wozu haben wir Sportarten, in denen man den anderen nicht schädigt?" Und nun ist Bella bei ihrem Thema, in das sie sich verbeißt und das sie wie ein Terrier hin und her schüttelt.

Donnerstag, den 12.07.1984, nachmittags

„Gott, oh Gott“, murmelte Kurt vor sich hin angesichts der vielen Rechnungen und Bankauszüge, die in hohen Stapeln vor ihm auf dem Schreibtisch lagen. Ein Anruf seines Steuerberaters vor einer halben Stunde hatte ihn in helle Aufregung versetzt, dass dessen Beschwichtigungen ihn nicht beruhigen konnten. Um das Hotel zu halten, musste ein Wunder geschehen!

Draußen hörte er den Bagger rattern und quietschen, der den Erdaushub für das Schwimmbecken begonnen hatte. Kurt seufzte laut, packte ratlos Rechnungen auf die eine Seite, Anschreiben und Bankauszüge auf die andere. Er bemühte sich, nicht auf die roten Zahlen im Minus auf den Auszügen zu blicken.

Er fragte sich, was er tun könne, um die von allen Seiten auf ihn einstürzenden Probleme abzuarbeiten. Vielleicht Hermann anrufen? Claire hatte ihm vor ein paar Tagen heftige Vorwürfe gemacht, er würde sich um die Sache nicht genügend kümmern. Er müsse als Vater mal ein Machtwort sprechen und darauf drängen, dass Hermann wieder nach Hause käme. Ob er denn gar kein Verantwortungsgefühl hätte ... Wenn Kurt an diese nächtliche Szene in der Küche dachte, wurde ihm heiß vor Ärger und Ekel über Claires Art, Vater und Sohn gegeneinander auszuspielen.

Er schlug Jóachims Telefonnummer nach und wählte. Halb hoffte er, während er dem Freizeichen lauschte, es möge sich keiner melden. Doch dann hörte er Hermann sagen: „Hier bei Tischer."

„Tach, mein Junge. Ich bin's."

„Ach, Kurt. Hallo." Freundlich, sanft.

„Hermann, äh ..." Kurt wusste nicht, was er eigentlich sagen sollte. „Hermann, wie ist es denn, kommst du mal wieder nach Hause? Deine Mutter ist todunglücklich." Und macht mir die Hölle heiß, dachte Kurt.

„Ja, Kurt, kann ich mir vorstellen." Hermann sprach klar und ohne Angst. „Aber ich möchte trotzdem hier bleiben. Ich kann in Ruhe arbeiten, und mir geht es hier gut bei Onkel Jo. Ich kann noch nicht zurückkommen, Papa, selbst deinetwegen nicht."

Kurt ließ vor Erstaunen den Kuli fallen, mit dem er auf der Zeitung herumgemalt hatte. Wie in früheren Kindertagen hatte Hermann ihn Papa genannt, vertraut und vertrauensvoll.

„Hast du denn gar keine ... Sehnsucht nach uns? Mir wäre es schon lieber, du kämst wieder nach Hause."

„Sehnsucht? Kurt, wieso?" Das klang wieder distanzierter. „Zum ersten Mal in meinem Leben werde ich nicht dauernd gemaßregelt, kritisiert oder wie ein kleines Kind behandelt. Onkel Jo redet mit mir wie mit einem erwachsenen Menschen, Papa, der nimmt mich ernst! Ich kann dich ja mal im Hotel besuchen, dann können wir uns unterhalten. Wie findest du das? Dazu hätte ich auch Lust."

„Ja, Hermann, mach das. Ich kann dich nicht zwingen zurückzukommen", Kurt gab sich einen Ruck, „und das will ich auch nicht. Du weißt sicher, was jetzt richtig für dich ist." Eine unendliche Erleichterung stieg in Kurt hoch, obwohl doch nichts dieses Gefühl rechtfertigte. „Ruf mich vorher an, damit du mich auch antriffst. Ich bin jetzt häufig draußen auf der Baustelle. Und lass es dir gutgehen, hörst du? Tschüs, Hermann."

„Tschüs, Papa."

Mit Bedacht legte Kurt den Hörer auf. Claire würde ihm wie eine Löwin ins Gesicht springen, wenn sie erführe, dass er nicht mit väterlicher Autorität für Hermanns Rückkehr gekämpft hatte, aber er war sicher, das Richtige gesagt zu haben. Wenigstens der Junge war der kalten und gespannten Atmosphäre des großen Hauses entronnen. Der Gedanke erfüllte Kurt mit Genugtuung.

Aber wie eine alte Wunde pochte unter diesem Gefühl die Frage: ohne Hermann? Gut, der würde schon seinen Weg gehen, aber: ohne den Hotelbetrieb? Mit Riesenverlust verkaufen und wie vor 24 Jahren als Kellner unter jemandem arbeiten? Wenn Claire sich doch nur die Lebensversicherung auszahlen lassen würde, dann wäre er auf einen Schlag seine Sorgen los. Aber Claire ... Nein, er wollte lieber nicht an sie denken. Lieber dachte er noch einmal an das Telefonat mit Hermann zurück, in der Hoffnung, das gute Gefühl von vorhin noch einmal abrufen zu können. Doch das Gift des Ärgers über seine Frau mischte sich immer wieder dazwischen. Wenn sie nur nicht so halsstarrig und egoistisch wäre, so eisig kalt und voller Verachtung. Wenn ...

Zwei Stunden später, als Kurt sich für die Heimfahrt das Leinenjackett überzog, fiel ihm auf, dass Hermann, der in letzter Zeit doch keinen Weg alleine gemacht hatte, ihn besuchen wollte. Wie das? Vielleicht mit dieser Evelyn? Aber erstaunlich war es doch, mit welcher Selbstverständlichkeit Hermann gesagt hatte, er käme mal vorbei.

Freitag, den 13.07.1984, abends

Jóachim hörte die beiden jungen Stimmen auf dem Flur, mal in ernsthaftem Gemurmel, mal mit einem Kichern von Evelyn und einmal, als Hermann jemanden nachzumachen schien (offensichtlich einen sklerotischen Professor mit Stentorstimme), endete die Vorstellung in einem gemeinsamen Prusten. Dann klappte die Tür zur Galerie, Hermann hatte Evelyn zum Aufzug gebracht und machte sich jetzt in der Küche auf die Suche nach etwas Essbarem.

Jetzt, dachte Jóachim, es hilft nichts, jetzt muss es sein.

„Hermann“, rief er in Richtung Küche, „wenn du was gegessen hast, dann komm doch mal ins Arbeitszimmer.“

Hermanns Gesicht erschien umgehend im Türrahmen, fragend, die runden Augen voller Erwartung auf seinen Onkel gerichtet.

„Was gibt's?“ fragte er und schwang sein Bein lässig über den Besucherstuhl vor dem Schreibtisch, um sich dann gemächlich darauf niederzulassen.

Jóachim hob den Mundwinkel zu einem schiefen Grinsen und sagte mit gespielter Grabesstimme: „Ein ernstes Gespräch unter Männern.“

Hermann guckte verdutzt, als er aber Jóachims Grinsen sah, verzog sich auch sein Mund in die Breite, und er nahm den Ton auf: „Jawoll, Chef! Männer wie wir. Also?“

Jóachim war froh, dieses notwendige Gespräch nicht mit zentnerschwerem Ernst begonnen zu haben. Beide würden ihren Humor noch brauchen.

„Hermann, ich mache es auf die direkte Art: Deine Mutter hat mir einen Brief geschrieben, in dem sie mich auffordert, dich nach Hause zu schicken. Ich frage mich nur: Willst du nach Hause?“

Bei der ersten Erwähnung seiner Mutter zog Hermann den Kopf ein und setzte sich auf seine Hände. Gedankenfetzen und

Eindrücke der letzten zwei Monate wirbelten durch seinen Kopf: ruhige Abende mit Jóachim, jeder in seiner Ecke lesend; Freude im Seminar, mit seiner Übersetzung glänzen zu können; Vokabeln abfragen mit Evelyn (ihr Gesicht strahlend); Gesprächsgemurmel zwischen Jóachim und einem Kunden, der langsam von Bild zu Bild geht. Und ganz deutlich Jóachims stolzer Ton: „Darf ich Ihnen meinen Neffen vorstellen, Hermann Schulte-Frey?"

Leise sagte Hermann: „Onkel Jo, bitte, bitte, nicht! Wenn es irgendwie geht, so lass mich noch bei dir wohnen, bis Ende der Semesterferien, danach kann ich mir irgendwo eine Bude nehmen. Aber bis dahin ... Das Graecum habe ich doch auch nur bestanden, weil ich hier Ruhe bei dir hatte, und wenn ich bis zu Semesterbeginn noch genügend Latein pauke, schaffe ich auch das große Latinum. Ich komme mir bei dir vor wie im Sanatorium!"

Jóachim hob den Kopf und fixierte Hermann. „Wieso das?"

„Weil ich vor allen Attacken geschützt bin. Ich muss mich nicht klein fühlen, falsch oder schäbig. Du nimmst mich, wie ich bin. Ob ich nun zum Frühstück Wurst oder Marmelade esse, ist meine Sache, und das lässt sich übertragen auf Wichtigeres. Na ja ...", fuhr er fort, als er Jóachims fragenden Blick sah, „du sagst nichts dazu oder dagegen, wenn Evelyn kommt, und du meckerst weder über meine Arbeit noch über meine An- oder Abwesenheit. Du kannst dir nicht vorstellen, wie das ist, wenn man sich unerwünscht, falsch und unzulänglich fühlt und einem dann immer reingedrückt wird, wie undankbar man sei und dass man seine Mutter nicht lieben würde."

Hermann schüttelte sich. Seine Niedergeschlagenheit war einer nervösen Erregung gewichen.

„Okay, okay, Hermann. Ist gut. Wenn du das so sicher weißt, dass du hierbleiben willst, dann will ich Claire in diesem Sinne antworten."

Jóachims Stimme klang so entschieden und ernst, dass Hermann sich wunderte. Schließlich hatten sie doch schon hundertmal über seine Mutter gesprochen. Jóachim fuhr fort: „Ich wollte deine Entscheidung wissen, bevor ich dir einen Brief von ihr gebe. Sie hat ihn zusammen mit dem an mich in einen Umschlag gesteckt, und ich kann mich des Verdachtes nicht erwehren, dass sie's getan hat, damit ich ihn lese. Das habe ich auch gemacht, sonst könnte ich dich nicht vorwarnen. Der Brief ist meisterlich!"

Jóachim zog ein gefaltetes Blatt unter dem Papierstapel hervor, der auf seinem Schreibtisch lag. „Ich bitte dich, Hermann, lass ihn dir nicht so zu Herzen gehen. Am liebsten hätte ich ihn dir erspart, aber dazu war ich zu feige."

Hermann nahm mit zitternden Fingern das Blatt entgegen.

Jóachim stand auf, strich im Gehen Hermann über die Schulter und zog leise die Tür hinter sich zu.

„Mein liebes Kind", begann der Brief, „Du weißt, dass ich in ein paar Tagen Geburtstag habe. Ich nehme diesen Tag zum Anlass, mir zu wünschen, dass Du in Dein Elternhaus zurückkehrst. Wir wollen nicht mehr davon sprechen, dass Du ungehorsam und unzuverlässig bist, sondern nur daran denken, wie Du in Liebe und Dankbarkeit wieder zu uns zurückkehrst. Ich sehe ein, dass auch ich Dir gegenüber einen Fehler begangen habe: Ich habe mich zu sehr um Dich gesorgt, mich zu viel um Dich gekümmert, aber aus Liebe zu Dir, Hermann, und aus Angst, dass aus Dir nichts Rechtes wird. So will ich mir alle Mühe geben, Dich nicht mehr wie meinen kleinen Hermann zu umhegen. Eines musst Du mir aber versprechen: Ich möchte, dass Du freiwillig hierher zurückkommst. Du sollst Dich nicht gezwungen fühlen. Komm aus eigenem Antrieb, aus eigener Einsicht, alles andere würde mir das Herz brechen.

In Liebe, Deine Mami

PS: Du brauchst mir nichts zum Geburtstag zu schenken."

Hermann raste auf die Toilette und erbrach.

Montag, den 16.07.1984, morgens

Polternd schlugen die Erdbrocken auf den Sargdeckel, hallten in den Ohren, die Luft war warm und muffig.

Das Gefühl, erlöst und frei zu sein, in sanfter Abgeschiedenheit davonzuschweben, brach jäh in sich zusammen. Elsa war es, als berste die Welt in ihr und um sie herum, dehnte ihre Seele bis an die Grenze des Erträglichen, zerrte am Herzen, zog am Geist und verknotete und verwirrte gleichzeitig ihr Innerstes.

„Hilfe!“ schrie Elsa in höchster Not, aber sie merkte, dass ihr Mund schon nicht mehr vorhanden war und sie nichts mehr an Äußerungen von sich geben konnte.

Mit trommelndem Herzen riss Elsa sich aus dem Traum. Ein Kloß trockenen Schluchzens drückte in ihrer Kehle, sie setzte sich auf und blickte wild auf die Schlafzimmergardine, voller Unverständnis über die beginnende Helligkeit des Morgens, die bekannte Ordnung des Zimmers und ihre eigene Existenz.

Mit einem Stöhnen ließ sie sich in die Kissen zurückfallen. Sie wartete, dass ihr Puls ein gemächlicheres Tempo einschlug, atmete tief, flach auf dem Rücken liegend.

Es ist das Projekt Claire, das mich so verrückt macht, sagte sich Elsa. Vorher hatte ich doch meine Gemütsruhe, und nach Claires Tod bekomme ich meinen Gleichmut wieder bis zum Abgang.

Aber ein kleiner Zweifel blieb ihr: wenn nun so ihr Sterben wurde, wie sie es geträumt hatte?

Am nächsten Tag wollte Elsa ihr Projekt in die Tat umsetzen, denn dann war Claires Saunatag, wie Elsa in Erfahrung gebracht hatte. Die dicke Traube von Menschen zur Mittagszeit am Gleis der S-Bahn würde es möglich machen, Claire vor den Triebwagen zu stoßen und eine der Ersten zu sein, die mit entsetzter Stimme nach einem Arzt rief.

Elsa würde auch noch zu Claires Beerdigung gehen, das war sie Hermann schuldig. Sie wollte sichergehen, dass er den Tod der Mutter gut hinter sich brachte. Daher wollte sie mit Hermann auch unbedingt noch vor dem 8. August ein Gespräch führen, damit sie ihn guten Gewissens verlassen konnte. Zu dem Zweck hatte sie ihm vorsorglich ihre private Telefonnummer genannt, damit er sie auch umgehend erreichen konnte. „Ich bin nicht mehr jeden Tag in der Praxis und höre daher den Anrufbeantworter auch nicht mehr so oft ab. Sollten Sie daher meine Hilfe brauchen, so rufen Sie bei mir zu Hause an."

Elsas Herz hatte sich beruhigt; durch den Spalt zwischen Wand und Gardine konnte sie sehen, dass das Licht von einem zarten Rosa zu Gelb gewechselt hatte. Die Sonne war aufgegangen.

Elsa tappte ins Bad, tauchte ihr Gesicht in kühles Wasser und versuchte, die letzten Reste des Traumes zu verscheuchen. Als sie unter der Dusche stand, hörte sie im Wohnzimmer das Telefon klingeln, zog es aber vor, in Ruhe zu Ende zu duschen, statt nackt und seifenbedeckt zum Apparat zu stürzen. Die Erfahrung hatte sie gelehrt, dass der Anrufer in der Zwischenzeit resigniert aufgelegt hatte, so dass Elsa ihr hastiges „Hallo?" in eine leere Leitung sprach.

Als sie ihren Kaffee aufbrühte, mit einem Gedanken noch bei dem Traum, mit einem weiteren beim nächsten Tag, klingelte das Telefon erneut, und Elsa ging hinüber ins Wohnzimmer und nahm den Hörer ab.

„Frau Martens, um Himmels willen, meine Mutter ist tot!"

Hermann Schulte-Frey stieß die Worte hervor, bevor Elsa ihren Namen sagen konnte.

Im ersten Augenblick dachte Elsa, sie habe sich geirrt und schon gestern die Schulte-Frey vor die Bahn gestoßen. Wie in einem Puzzle waren die einzelnen Teile zwar richtig, aber das Muster war falsch! Ein schier unbezwingbarer Impuls zu lachen kroch in Elsa hoch und nahm ihr zunächst die Luft zum Sprechen. Dann hatte sie sich wieder im Griff und sagte: „Hermann, nun noch einmal langsam von vorn, ich verstehe sonst kein Wort. Was ist mit Ihrer Mutter?“

„Sie ist tot, sie liegt einfach tot im Bett. Gestern hatte sie Geburtstag, heute ist sie tot. Die Polizei war da, es sieht so aus, als ob sie was Giftiges gegessen oder genommen hat.“

„Sind Sie denn wieder zu Hause, Hermann?“

„Tja, ich dachte, zu ihrem Geburtstag sollte ich ... So vorübergehend. Und nun das, Frau Martens! Kann ich in den nächsten Tagen noch mal zu Ihnen kommen? Wenn die Polizei mich lässt, natürlich. Wir sind doch alle verdächtig.“ (Wir? dachte Elsa.)

„Klar lässt die Polizei Sie gehen. Kommen Sie heute Nachmittag um 16 Uhr in die Praxis, okay?“

„Gerne, Frau Martens. Bis dann.“

Elsa legte völlig benommen den Hörer auf. Dann meldete sich die hysterische Lachwelle von vorhin und rollte über sie hinweg, schüttelte sie, zwang sie, sich auf einen Stuhl zu werfen und trieb ihr die Lachtränen in die Augen. Sie sah den Alten im Nachthemd auf der Wolke sich vor Vergnügen auf die Schenkel schlagen, die listigen Äuglein von feinen Fältchen umkränzt.

„Hut ab, Alter, du bist doch immer noch eine Umdrehung gescheiter, schneller und gewitzter als ich!“

Achtes Treffen der drei Freundinnen

„Na, der Wolf ist der Mörder!“ ruft Judith.

„Der Jóachim ist der Mörder!“ ruft Bella.

„Na, einigt euch, wer denn nun?“ fragt Dagmar.

„Oder vielleicht doch der Junge, der Hermann? Könnte man ihm nicht verdenken, wo er doch ...“

„Nein“, fährt Bella dazwischen, „ich habe mich geirrt, es ist der Ehemann, der Kurt. Der hat das wegen der Mäuse, also wegen des Geldes getan. Stimmt's?“ Listig sieht sie ihre Freundin Dagmar an.

„Vorher hast du Jóachim gesagt, wieso kommst du jetzt auf Kurt?“ fragt Dagmar ganz interessiert.

„Na ja, ich dachte zuerst, Jo kann seine Schwester ja auch nicht leiden, das hat er doch in dem Gespräch mit Wolf selbst gesagt. Aber dass seine Schwester so ein Aas ist, das weiß er schon lange, das ist ja nichts Neues. Also auch kein aktuelles Motiv. Aber Kurt, der braucht doch das Geld für den Pool, der hat doch Manschetten, dass er wieder kellnern muss als Angestellter, womöglich bei jemandem, der sein Hotel mitsamt neugebautem Schwimmbecken gekauft hat. Welche Schande! Das ist ein starkes Motiv!“ Bella lehnt sich zufrieden in ihrem Sessel zurück.

„Ich bin immer noch für Wolf, obwohl ich deiner Logik folgen kann. Leidenschaft ist doch auch ein gutes Motiv, besonders verschmähte Liebe. Bei den Mandanten, die ich im Scheidungsfall vor Gericht vertreten habe, war das beinahe ein geflügelter Satz: ‚Lieber wäre es mir, er wäre tot, als dass er mit einer anderen lebt.‘ So nach dem Motto: Lieber den Verlust erleiden als die Schmerzen der Eifersucht. Wie findet ihr das?“ Judith rutscht auf die Vorderkante ihres Sessels, greift nach der Teekanne und schaut die beiden Freundinnen mit hochgezogenen Augenbrauen an, was die beiden als Frage nach mehr Tee deuten. Dagmar schüttelt den Kopf, aber Bella reicht ihre Tasse hinüber.

„Zum jetzigen Zeitpunkt ist das eigentlich unfair, nach einem Verdächtigen zu suchen, denn da haben ja genügend Leute ein Motiv, wie ihr mir selbst sagt, vielleicht sogar Evelyn. Und wenn man ganz um die Ecke denkt: Vielleicht war's ja doch Elsa, die in einem Zustand geistiger Umnachtung ..." Doch Dagmar kann ihren Satz nicht mal zu Ende führen, weil beide Freundinnen über sie herfallen.

„Du blöde Kuh, sag uns doch einfach, wer der Mörder oder die Mörderin ist, und spann uns nicht so auf die Folter!" verlangt Bella mit Vehemenz. Und Judith versucht es auf die andere Tour: „Wir sind doch deine Freundinnen und sagen es keinem weiter!"

„Aber darum geht es doch nicht! Ich brauche euch als Unwissende, denn so begegnet der Leser dem Text. Und an euch kann ich sehen, ob meine Überlegungen nachvollziehbar sind, psychologisch sinnvoll und der Aufbau für Spannung sorgt. Ihr helft mir damit, mich nicht in der Handlung zu verlieren, und vielleicht fallen euch ja auch Ungereimtheiten auf, die mir einfach unterlaufen sind, weil ich zwei Gedanken gleichzeitig im Kopf hatte."

„Weißt du denn, wer der Mörder ist, Daggi?" fragt Judith.

„Natürlich! Man könnte sagen, in meinen Überlegungen hatte ich zuerst den Mord geplant, und dann habe ich mich gefragt: Wie konnte, ja, musste es dazu kommen?"

Die Freundinnen schweigen vor sich hin, bis die Stille plötzlich von Bella unterbrochen wird: „Dann musst du uns auch eine Widmung hineinschreiben oder in der Danksagung erwähnen. Wenn du das machst, will ich auch Ruhe geben."

Freitag, den 20.07.1984, mittags

Heiko Piefe, zweiter Zeichner im Büro, klopfte bei Wolf Brinkmann an und öffnete sofort die Tür, ohne Wolf die Gelegenheit zu geben, seinen verlorenen Blick aus dem Fenster auf die Tür zu schwenken.

„Herr Brinkmann, da sind zwei Herren, die Sie sprechen wollen. Von der Polizei, haben sie gesagt."

Aufgeregt und voller Neugier blickte Piefe, überall im Büro Piefke genannt, auf Wolf, um eine Erklärung für das Erscheinen der ungewöhnlichen Gäste zu bekommen.

Wolf schrak auf und sagte mit neutraler Stimme: „Na, dann lassen Sie die beiden mal reinkommen."

Die Tür schloss sich, und Wolf hatte gerade noch Zeit, seinen angebissenen Apfel im Papierkorb verschwinden zu lassen, als es erneut klopfte und zwei Männer sich über die Schwelle schoben.

„Kommissar Wenzel", sagte der mit dem groben Gesicht, das durch die hängenden Wangen an eine Bulldogge erinnerte,

„und dies ist mein Kollege Harms." Er wies auf einen jüngeren, schlanken Mann mit strubbligen, blonden Haaren. „Herr Brinkmann, wir machen eine Routinebefragung zum Tod von Frau Schulte-Frey. Aus ihrem Adressbuch haben wir auch Ihre Adresse erfahren. Wir sind im Fall Schulte-Frey auf jeden noch so kleinen Anhaltspunkt angewiesen, darum befragen wir auch Sie. Seit wann kannten Sie Claire Schulte-Frey?"

Claire tot! Claire war nicht mehr. Eine Welt ohne Claire.

Er räusperte sich. „Ungefähr seit einem Jahr. Warten Sie, das kann ich ganz genau sagen." Wolf kramte einen Terminkalender aus einer Schublade, blätterte und hielt dann inne. „Das war am 19. April letzten Jahres, da habe ich Frau Schulte-Frey bei ihrem Bruder kennengelernt. Der hatte an dem Tag eine Vernissage, er ist Galeriebesitzer."

Wenzel nickte, schob seine Stirnfalten Richtung Haaransatz und fragte: „Vielleicht wissen Sie ja auch so genau, wann Sie Frau Schulte-Frey zum letzten Mal gesehen haben?"

Wolf zögerte. Meinte Wenzel nun, wann er mit Claire zum letzten Mal von Angesicht zu Angesicht gesprochen hatte? Das war im Café gewesen. Vor ungefähr eineinhalb Wochen hatte er sie einmal angerufen, aber Claire hatte dafür gesorgt, dass das Gespräch kurz war. Oder meinte Wenzel, wann er sie zuletzt gesehen hatte, und sei es von fern? Vorsichtig sagte er: „Ich habe ungefähr eine Woche vor ihrem Tod noch mit ihr gesprochen, wenn Sie das meinen ..."

Harms hakte nach. „Aber gesehen haben Sie Frau Schulte-Frey danach noch einmal?"

Wolf spürte, wie ihm die Hände feucht wurden und der Kobold wieder auf seiner Brust agierte. Trommelschläge in der Herzgegend und ein fester Griff an die Kehle.

„Nun ja, gesehen ... gesehen habe ich sie flüchtig am Dienstag vor ihrem Tod. Auf dem Bahnsteig."

„Aber nicht gesprochen? Wie denn das? Waren Sie in Eile?"

Wolf gab sich einen Ruck. „Nein, nicht in Eile. Aber es passte eben nicht." Sollten die zwei doch denken, was sie wollten – ihm konnten sie nichts im Zusammenhang mit Claires Tod nachweisen. Oh Claire ...

„Kennen Sie eigentlich ihren Mann?" Wenzel griff in die Hosentasche und zog eine zerknautschte Packung Zigaretten ohne Filter heraus. Mit fragendem Blick zündete er sich eine halbgebogene Zigarette an und spuckte leise einen Tabakkrümel neben sich.

„Nein, Herrn Schulte-Frey kenne ich nicht. Wieso?" Gottlob, das Thema Bahnhof hatten die beiden nicht weiter verfolgt.

Harms grinste Wolf mit schräggelegtem Kopf an. „Wissen Sie zufällig, ob Frau Schulte-Frey sich was aus Süßigkeiten machte? Ich meine Torten, Pralinen, Bonbons oder Kekse?"

Wolf war perplex. Was sollte das nun wieder? Natürlich hatte Claire Süßigkeiten gemocht. Handgemachte Brüsseler Pralinen waren ein Mitbringsel zu einem der ersten Rendezvous im letzten Frühling gewesen. Eine schöne, langsame Fahrt mit Claire an einem strahlenden Tag im Mai, sommerlich warm, der mit einem Gewitter endete. Es hatte plötzlich wie aus Kübeln zu regnen begonnen, so dass sie beide nicht wie geplant spazieren gehen konnten. Aber es war Wolf gerade recht gewesen, wie abgeschlossen von der übrigen Welt mit Claire allein im Auto zu sitzen. Als er sie küssen wollte, hatte sie mit neckischem Augenaufschlag in die Pralinenschachtel gegriffen, eine Praline durchgebissen und Wolf die andere Hälfte in den Mund geschoben. Er hatte dies für einen symbolischen Akt der Gemeinsamkeit gehalten und war sehr glücklich gewesen.

„Ja, ich meine schon. Ich bin ziemlich sicher."

„Und wissen Sie zufällig, ob ihr Mann oder der Sohn auch Süßigkeiten mochten?"

„Nein, keine Ahnung. Ich sagte schon, Herrn Schulte-Frey kenne ich gar nicht. Und den Sohn, den habe ich nur einmal gesehen. Da hat er gerade keine Bonbons gegessen und auch nichts anderes."

Harms lachte fröhlich. „Hätte ja sein können, dass Sie es zufällig wüssten. Wer bringt hier bei Ihnen denn die Büropost weg, Herr Brinkmann?"

„Die kommt dort hinein." Wolf wies auf einen roten Plastikkorb im Regal neben der Tür mit der Aufschrift ‚Ausgang'. „Die wird dann nachmittags von der Sekretärin abgeholt, um 16 Uhr, bevor sie geht. Wenn Sie über den weiteren Postgang etwas wissen wollen, dann müssen Sie Frau Minz fragen oder Piefke, ich meine Herrn Piefe, der übernimmt das manchmal aus Gefälligkeit für die Minz."

„Nur noch eins." Wenzel zog an seiner Kippe, so dass ihm beinahe die Finger versengt wurden, entließ ein doppeltes Rauchband aus der Nase und beugte sich zu Wolfs Aschenbecher hinüber, in den er mit Andacht den kurzen Stummel ausdrückte. „Schicken Sie auch schon mal private Post hier vom Büro aus?"

„Das mag schon mal vorkommen", sagte Wolf gedehnt, „ist aber nicht erwünscht. In letzter Zeit ..., nein, das wüsste ich nicht." Der Kobold trommelte wieder wie wild. Wollten die auf das Päckchen hinaus?

„Danke, Herr Brinkmann." Wenzel stand auf, klopfte sich weitere Tabakkrümel von der Hose und wandte sich mit einem Blick an seinen Kollegen zum Gehen.

Harms drückte Wolf fest die Hand, Wenzel gab ihm eine überraschend schlaffe Pfote. Bei dessen Gestalt und Gesicht sollte man eher meinen, der quetsche einem beim Gruß dic Hand ab, dachte Wolf flüchtig. Vielleicht hatte ihm das ja mal einer gesagt, und nun machte er den Handschlag besonders lau.

❖

Als die Kommissare im Aufzug standen, brummelte Wenzel: „Was will er denn nur verbergen? Dass er ihr Liebhaber war? Wissen wir doch schon aus der Buchwidmung.“ Mit gekünstelter Stimme zitierte er: „Wenn es aber doch Rosen sind, meine Claire, so werden sie blühen. Dein Wolf.“ Er gab als Kommentar einen gestotterten Rülpser von sich, für den er im Präsidium geradezu berühmt war. „Aber diesen Piefke oder die Minz sollten wir noch befragen wegen der Post. Vielleicht ist sie ja eine hübsche Mieze? Oder eine Pfefferminze?“

Er wackelte mit dem Kopf, Harms grinste. Wenzel gab sich als Tarnung oft ein dümmliches Aussehen, aber er war der amüsanteste Kollege, den Harms hatte. Und clever.

Mittwoch, den 25.07.1984, mittags

An Claires Beerdigung war nach Elsas Meinung alles nicht ganz passend: Die Sonne verschwendete sich seit Tagen in gleißender Hitze und lud mehr zu einem Besuch im Schwimmbad Gysenbergpark als zu einer Beerdigung ein. Die Farben der blumengeschmückten Kränze sprangen ins halbgeschlossene Auge, selbst das Unkraut strotzte in prallem Grün. In einem Busch hinter dem offenen Grab lärmte eine Spatzenfamilie so laut, dass der Pastor sein Gebet irritiert unterbrach. Elsa biss sich auf die Lippen, um nicht loszulachen. Über dem gesamten Hauptfriedhof lag der süße Duft von Linden, der sich mit dem herberen von geschnittenem Buchsbaum mischte.

Auch die schwarzgekleideten Trauergäste waren nur mehr oder weniger passend: Ein Trüppchen von drei Damen (Badefreundinnen? fragte sich Elsa) hatte die Beerdigung zum Anlass genommen, sich in große Garderobe zu werfen. Der Hut der größten Dame hatte einen halben Meter Durchmesser, eine der anderen Damen war so dicht verschleiert, dass ihr Gesicht nicht zu erkennen war.

In diesem Moment ließen die Sargträger (einer von ihnen mit dem Gesicht von Hesses Vagabunden Knulp) den Sarg hinab, standen mit barem, gesenktem Kopf; dann ein leiser Befehl des dritten Sargträgers auf der linken Seite, die Zylinder wurden mit militärischer Zackigkeit wieder auf die Köpfe gesetzt, die weißen Handschuhe von den Händen gerollt und ins Grab geworfen.

Elsa hatte diesen Brauch erst hier im Ruhrgebiet kennengelernt und bekam, wie zu früheren Anlässen auch, wieder eine Gänsehaut.

Hermann stand im dunklen Anzug neben seinem Vater. Elsa fiel auf, wie gut er mit seinen feinen Gesichtszügen, dunklen Augen und seinem leicht gewellten, schwarzen Haar aussah. Links von ihm stand eine Frau in Claires Alter. (Vielleicht die Cousine aus Reutlingen, zu der Claire ihren Sohn hatte abschieben wollen?) Kurt, den Elsa hier zum ersten Mal sah, hatte helles Haar, das ihm am Hinterkopf etwas abstand, was ihm einen eher lustigen und draufgängerischen Ausdruck verlieh. Was wohl in Hermann vor sich ging?

Elsa taten langsam die Füße weh; sie sehnte sich nach einer Tasse Kaffee und einer Zigarette. Vorsichtig betrachtete sie die umstehenden Menschen. Zum ersten Mal fielen ihr zwei Männer auf, die etwas abseits standen und leise miteinander redeten. Der ältere von ihnen hatte ein Bulldoggengesicht. Der Hut, den er in der Hand hielt, hatte auf der Stirn und auch am Hinterkopf einen Abdruck hinterlassen. Der jüngere sah aus, als hielte er nicht viel vom Bügeln, denn sein Hemd war eindeutig zerknittert. Der Knoten seiner schwarzen Krawatte war nicht bis zum Hals zugezogen, ein Tribut an die Hitze.

Wer sind die denn? Freunde von Hermanns Vater? Hotelangestellte? fragte sich Elsa.

Sie spürte, wie ihr Pony an der Stirn klebte. Hoffentlich ging das hier schnell vorbei, sie wollte nur unbedingt Hermann die

Hand drücken und ihm zu verstehen geben, dass sie bei Bedarf für ihn zu sprechen war.

Die Trauergäste hatten begonnen, mit einer kleinen Schippe Erde in das Grab zu werfen, wobei Elsa überrascht feststellte, wie unterschiedlich die Menschen diese Aufgabe wahrnahmen. Hermann tat es langsam und aufmerksam, tränenlos. Als Kurt an der Reihe war, schien er Mühe zu haben, die rechte Menge an Erde auf die Schippe zu häufen, was eine merkbare Verzögerung mit sich brachte. Der schicke junge Mann neben ihm versah dieses Amt mit ausdruckslosem Gesicht, geschäftsmäßig. Die Damen taten es mehr symbolisch, sich schnäuzend, mit Anmut. Jetzt entdeckte Elsa auch Evelyn, die sich im Hintergrund gehalten hatte. Sie trat nicht vor, um Erde auf den Sarg zu werfen, schlängelte sich aber langsam durch die Gruppe der Trauergäste, bis sie hinter Hermann stand.

Auch Elsa zog es vor, ihrem potentiellen Opfer, das ihr jemand vor der Nase weggeschnappt hatte, keine Erde hinterherzuschicken. Sie wartete in der Reihe der Kondolierenden, bis sie zu Kurt vordrang.

„Frau Martens, dass Sie da sind! Das finde ich ja gut." Hermanns Augen zeigten Spuren von Müdigkeit, aber keine Tränen. Er schien wirklich froh zu sein über Elsas Kommen. Leise wandte er sich an seinen Vater: „Papa, das ist Frau Martens, du weißt schon."

Kurt schaute überrascht hoch, er schien zu sortieren, wo er sie in seinem Gedächtnis unterbringen sollte.

„Meine Therapeutin", murmelte Hermann, woraufhin Kurt ihr die Hand gab und ruhig sagte: „Danke, dass Sie gekommen sind." Er schaute zwar kaum hoch, aber sein Händedruck war überraschend angenehm: fest und warm. Elsa brummelte etwas, was nach „Beileid" klang, verwirrt durch die Gewissheit, dass bei dieser Beerdigung nicht jedermanns Gefühle von einhelliger Trauer zeugten. Und bei Kurt war sie sich nun gar nicht sicher.

Die übrigen Trauergäste begannen nun, sich zu zerstreuen; manche bewegten sich dem Ausgang zu, manche standen in kleinen Gruppen zusammen, so wie die drei Damen, die sich lebhaft darüber zu unterhalten schienen, wohin sie nun gemeinsam gehen wollten. Der Pastor drückte Hermann, Kurt und dem schicken Mann die Hand, bedachte auch Elsa mit einem anteilnehmenden Blick, entschied sich aber, sie nicht als zur Familie gehörig zu betrachten. Er wandte sich um und ging.

Hermann tippte Elsa an. „Ich möchte Ihnen auch gerne meinen Onkel Jóachim vorstellen", sagte er leise. Er wies auf den tadellos gekleideten Mittdreißiger. Elsa schaute mit Interesse den Mann an, den sie bis jetzt nur aus Hermanns Berichten kannte und mit dem sie schon einmal telefoniert hatte.

„Guten Tag, Herr Tischer."

„Oh, Sie wissen meinen Namen noch! Sehr erfreut, Frau Martens. Schade, dass wir uns unter diesen Umständen kennenlernen müssen. Und was wohl die beiden Herren dort hinten denken ..." Er kicherte, ohne amüsiert zu wirken.

„Welche Herren? Ach die, wer sind die denn?"

„Na, zwei Kriminalbeamte. Wissen Sie nicht, dass bei jeder Beerdigung, auf der ein gewaltsam zu Tode gekommener Mensch beerdigt wird, die Polizei dabei ist? Die schauen sich nämlich mal an, wer von den Trauergästen alles verdächtig ist. Wenn Sie hier mit uns stehen, sind Sie's auch!"

Elsa schluckte. Natürlich! Jetzt ging ja die Untersuchung los, nachdem Claire obduziert und eine ansehnliche Menge Digitalis in ihrem Körper gefunden worden war. Hermann hatte ihr das schon an dem Tag erzählt, an dem Claire morgens von Kurt tot in ihrem Bett gefunden worden war. Von ihrem Mann, der doch nie ihr Schlafzimmer betrat.

„Mir haben sie sogar schon heute früh auf den Zahn gefühlt: Warum ich denn nicht mehr zu Hause gewohnt hätte, und wann ich an dem Wochenende nach Hause gefahren bin. Und ob ich meiner Mutter ein Geburtstagsgeschenk geschickt oder mitgebracht hätte.“ Hermann sprach mit leicht verkrampftem Lächeln, drehte sich um zu Evelyn, die vorhin Elsa kurz zugenickt hatte, und zog sie neben sich. „Frau Martens, ich werde tatsächlich verdächtigt, meine Mutter umgebracht zu haben.“

Kurt und Jóachim hatten sich schon langsam auf den Weg zum Ausgang gemacht, die Reutlinger Cousine folgte Hermann, Evelyn und Elsa. Am Friedhofstor warteten Kurt und sein Schwager auf die Nachzügler.

Himmel, doch nicht Hermann, dachte Elsa. Wenn ich Claire umgebracht hätte, hätte ich im Vorfeld dafür gesorgt, dass er nicht verdächtigt würde. Was kann ich jetzt nur für ihn tun? Elsa fühlte einen Anflug von Schuldgefühl, als sei sie für Hermanns Lage verantwortlich.

„Frau Martens, kommen Sie doch jetzt mit uns ins Hotel, da gibt es Kaffee und Kuchen. So lernen Sie mal meine ganze Familie kennen. Bitte, kommen Sie mit.“ Hermann setzte seinen Hundeblick auf.

„Ich komme“, sagte Elsa und dachte, dass ihr Gang mit der Restfamilie Schulte-Frey zwar unter den geplanten Umständen nicht hätte stattfinden können, aber die Umstände jetzt ganz anders waren: Sie war nicht zur Mörderin geworden, und der eigene Tod ... konnte warten. Hermann muss erst von diesem blöden Verdacht befreit werden. Dann würde sie weitersehen. Der Kalender in der Küche war inzwischen dünn geworden.

Auf der Straße sah Elsa die beiden Polizisten in ein Zivilauto steigen. Wahrscheinlich hatte der jüngere sein Hemd zerknittert, als er zu lange in der heißen Sonne im Auto gesessen hatte.

Evelyn lächelte ihr wortlos zu. Elsa fand es höchst symbolisch, dass sie mit den Schulte-Freys hier auf der Straße zusammenstand: War sie nicht mit dieser Familie durch Hermann und ihren Plan, Claire umzubringen, eng verbunden? Ich bin jetzt schon zu tief in dieser Geschichte drin. Während der Fahrt ist aussteigen untersagt, dachte sich Elsa. Die Cousine verhandelte etwas mit Kurt und Jóachim. Elsa sah, dass Hermann und Evelyn sich kurz ansahen. Sie konnte diesen Blick nicht deuten.

Sie versprach Hermann, hinter dem Wagen seines Vaters herzufahren, da sie nicht wusste, wo sich das Schulte-Frey'sche Hotel befand.

Als sie zu ihrem Auto ging, das sie vorsorglich im Schatten einer großen Kastanie geparkt hatte, fiel ihr der silbergraue Peugeot auf, den sie vor gar nicht langer Zeit am Bahnhof hatte stehen sehen, ein Knöllchen an der Windschutzscheibe und ein geknickter Mann am Steuer. Elsa schaute sich um, aber sie konnte den Besitzer des Wagens nirgendwo entdecken. Also war Claires abgehalfterter Liebhaber auch auf der Beerdigung gewesen. Mit Bedauern dachte Elsa an diesen fremden jungen Mann, der vielleicht der Einzige war, der wirklich um Claire trauerte.

Mittwoch, den 25.07.1984, abends

Jóachim stupste Hermann an. „Gib mir doch noch mal von dem Wein."

Kurt, Jóachim und Hermann saßen am Abend der Beerdigung um den Esstisch bei Schulte-Freys. Unwillkürlich hatten sie Claires ehemaligen Platz freigelassen. Überraschend hatte sich das Wetter am Nachmittag von den morgendlichen sommerlichen Temperaturen zu einem Ruhrgebietshimmel in Grau verändert. Jetzt klopfte ein Dauerregen an die Scheiben, der die drückende Hitze vertrieben hatte. Das Lampenlicht schien warm auf die drei Männer, ein ungewohntes Bild, denn der Schwager war in den letzten Jahren nur selten Gast im Hause Schulte-Frey gewesen und nur auf Hermanns dringliches Bitten hin zu Claires letztem Geburtstag erschienen.

„Lasst uns doch noch mal rekapitulieren: Claires Geburtstag am 15. fiel auf den Sonntag. Du, Hermann, bist am Samstagnachmittag von mir aus nach Hause gefahren, nicht?"

„Wieso Nachmittag?" fragte Kurt, der lange geschwiegen hatte. „Du bist doch am Samstagabend erst sehr spät gekommen."

Hermann guckte unbehaglich vor sich hin. „Ich war noch bei Evelyn."

„Ist doch egal, Kurt", fuhr Jóachim fort. „Du hattest selbst Geschenke für deine Mutter mitgenommen. Hast du die gleich auf ihren Geburtstagstisch gelegt? Und lagen da schon andere Päckchen? Pralinen? Edle Kekse? Likör?"

Hermanns Befangenheit legte sich. Zweifelnd schaute er Jóachim an. „Das weiß ich nicht mehr, da lag so viel rum. An das Spitzennachthemd von Papa und seinen Blumenstrauß kann ich mich genau erinnern, aber der Rest war ja auch noch eingepackt und eher größer als eine Pralinenschachtel oder so was."

Mit den Händen formte er einen Umfang, der der Größe eines Fußballs entsprach.

„Das war die neue Badetasche von Peggy", warf Kurt ein.

„Hat denn einer von euch beiden in der Küche oder sonstwo Packpapier oder einen kleinen Karton gesehen? Da könnte man doch etwas draus schließen; vielleicht gab es einen Poststempel, von dem man erfährt, woher das Päckchen kam."

Kurt seufzte. „Wer guckt denn schon danach, wenn er es nicht sucht? Und wir hatten keinen Anlass zu suchen, weil Claire am Samstagabend quietschvergnügt Hermann beschimpfte, weil der erst so spät kam. Bei der Gelegenheit habe ich auch gleich einen Teil ihrer Wut abgekriegt. Am Sonntag hatte sie ja dann auch genügend Zeit, Geschenkpapier oder Packpapier wegzuräumen oder zu verbrennen. Am Montagmorgen haben die Leute von der Polizei alle Papierkörbe inspiziert, sogar in den Kamin sind sie gekrochen. Weiß der Himmel, ob die was gefunden oder mitgenommen haben. Du hast doch selbst gesehen, wie die ihr Schlafzimmer umgekrempelt haben.“

Jóachim dachte kurz an Claires Boudoir, doch was er innerlich sah, war ihr weißes, verzerrtes Gesicht auf dem Kissen, daher schob er die Erinnerung lieber beiseite.

Kurt griff nach seinem Glas und trank es leer. Er spürte, dass er langsam in einen Zustand von Trunkenheit und Müdigkeit rutschte, aber das war ihm lieber als die nagende Unruhe, die ihn seit Claires Tod umtrieb. Er spürte Sorge um Hermann, der sogar am Tag des Begräbnisses am frühen Morgen zwei Stunden lang auf dem Revier vernommen worden war. Bleich und erstarrt war er danach zu ihm ins Auto gestiegen und hatte bei einem nichtigen Anlass seinen Vater geradezu angeschnauzt; entweder war Hermann durch die Ereignisse völlig durcheinander, oder seine robusteren Töne waren Zeichen einer beginnenden gesunden Entwicklung, zu der es auch gehörte, Ärger zu äußern.

Als in diesem Augenblick das Telefon schellte, ergriff Hermann die Gelegenheit, vom Tisch aufzuspringen. Kurt und Jóachim redeten leise weiter, während Hermann, den Rücken zum Esstisch gewandt, im Sessel am Fenster telefonierte.

„Wie ist es dir denn jetzt, Kurt?“ fragte Jóachim.

„Ach, alle Welt meint, ich müsste jetzt vor Glück im Karree springen, weil Claire nicht mehr da ist. Oft genug habe ich mir ja gewünscht, dass ihr was passiert, weil sie mich so unglücklich gemacht hat, und wie sie mit dem Jungen umsprang ... Aber so ist es nicht, ich glaube, ich bin einfach an den Zustand mit Claire gewöhnt. Du glaubst es vielleicht nicht, aber ... sie fehlt mir.“

Es entstand eine Pause, in der die beiden Männer unwillkürlich Hermann lauschten, der leise in die Muschel sprach. „Am besten wäre es, wenn Sie hier zu uns kommen. Papa und Onkel Jo sitzen hier“, er grinste kurz zu den beiden hinüber, „und wir überlegen gerade, wem an dem Wochenende bei den eingepackten Geburtstagsgeschenken was aufgefallen ist. Kommen Sie doch gleich, dann haben Sie uns drei auf einen Streich." Hermann schwieg noch eine Weile. „Tschüs, bis gleich!"

Er kam langsam in den Lichtkegel der Lampe. Er sah ein bisschen aufgeregt aus und gleichzeitig amüsiert.

„Was ist?" fragte Jóachim träge.

„Die Martens kommt hierher. Ihr sind ein paar Sachen aufgefallen, die ihr unerklärlich sind, und darüber will sie mit uns reden."

Kurt spürte, wie er schlagartig seine Benommenheit verlor. Scharf fragte er: „Was geht die das an? Was hat die an uns für ein Interesse? Und warum lädst du die zu uns ein, mit der kannst du doch in der Beratung reden. Hermann, was soll das?"

Hermann schaute verschreckt auf seinen Vater. Was war nur mit dem los? Ein klammes Gefühl sprang ihn an, er schluckte, schwieg verwirrt. Er hatte gedacht, Frau Martens könnte etwas Ordnung in die Fragen bringen und in seine chaotischen Gedanken. Er sah, dass Jóachim ihn anlächelte, wohl in aufmunternder Absicht.

Der Regen klopfte an die Scheiben, monoton; mit einem dumpfen „Plopp" gab es in unregelmäßigen Abständen ein zusätzliches Geräusch, das durch eine defekte Stelle in der Dachrinne entstehen musste.

Kurts Fragen standen wie ein Echo im Raum. Plötzlich waren die drei Männer nicht mehr traulich vereint, sondern saßen jeder für sich in Gedanken versunken. Als hätte Claire es über ihren Tod hinaus doch noch geschafft, die Leute um sie herum zu entzweien.

Mittwoch, den 1.08.1984, abends

Elsa betrat das Hochhaus, das ihr von den Arztbesuchen bei ihrem Gynäkologen her bekannt war, und ging zum Fahrstuhl.

Sie hatte nie auf die Klingelknöpfe gesehen, sondern nach dem Summen des Türöffners immer gleich die Tür aufgedrückt, aber als sie nun mit Bewusstsein hinschaute, entdeckte sie auf dem oberen Knopf die Aufschrift: „Penthouse-Galerie J. Tischer". Sie drückte den Knopf und hörte umgehend Tischers Stimme aus dem Lautsprecher: „Frau Martens? Ist ganz oben! Bis zum elften Stock fahren und die Treppe hochlaufen."

„Ja, danke", antwortete Elsa und drückte die schwere Glastür auf.

Sie betrat den Fahrstuhl, eine Art Käfig aus Aluminium, der überraschenderweise nach Holz roch, obwohl Elsa nirgendwo ein Stück Holz ausmachen konnte. Dieses Phänomen beschäftigte sie bis zum siebten Stock, wo ein Mann in grauem Kittel einstieg, vermutlich der Hausmeister, der eigentlich nach unten wollte, aber nun eine, wie er scherzte, „Ehrenrunde mit dem Fräulein" drehen würde. Fräulein ist gut, dachte Elsa. Vermutlich unterteilt er Frauen in Fräuleins und Omas, da habe ich ja noch Glück gehabt!

Dementsprechend freundlich nickte sie ihm zu, als er sich im elften Stock an die Wand drückte, um sie an sich vorbeizulassen. „Ach, zum Tischer", kommentierte er noch, dann schloss sich die Fahrstuhltür vor seinem Gesicht, und Elsa wandte sich der Treppe zu. Hier fiel kein Licht mehr von außen in den Treppenschacht, so dass Elsa als Erstes nach dem Flurlicht suchte und den Schalter drückte. Sofort wurden die Stufen durch Halogenleuchten, die in die Decke eingelassen waren, hell erleuchtet.

Erst jetzt dachte Elsa an Tischer, der an dem seltsamen Abend von Claires Beerdigung der einzig Ansprechbare bei den Schulte-Freys gewesen war. Hermann und sein Vater hatten meist geschwiegen, aber es kam ihr vor, als schwiegen sie beide auf sehr unterschiedliche Art und Weise: Hermann eher verwirrt oder irritiert, Kurt eher muffig und übellaunig. Tischer war ihr eine angenehme Überraschung gewesen, und nach kurzer Zeit hatte sie geradezu beschlossen, ihn sympathisch zu finden, obwohl seine etwas zu glatte Art und sein Lachen sie befremdeten. Aber im Gespräch erwies er sich als guter Beobachter und intelligenter Zeitgenosse, was Elsa schätzte, die sich häufig mit ihrer Freundin Jutta über die Dummheit der Menschen und deren Macht ausließ.

Der Abend hatte zwar keine Antwort darauf gegeben, ob irgendeines der Geschenke das tödliche Gift enthalten hatte und war auch wenig ergiebig gewesen, um Argumente für Hermanns Unschuld zu sammeln, doch er hatte ihr diese Einladung von Tischer eingebracht mit dem Angebot, in Ruhe bei ihm zu Hause in den nächsten Tagen das Gespräch fortzusetzen. Und er wolle ihr gerne ein Bild zeigen, dass er gerade von einem jungen Künstler in der Ausstellung hatte, von dem er glaubte, es könne sie interessieren.

„Warum?" hatte Elsa erstaunt gefragt. „Wie kommen Sie darauf?"

„Sie werden sehen", war seine geheimnisvolle Antwort gewesen, und wieder erklang sein hohes Lachen, diesmal gedämpft.

Als sie jetzt über die Schwelle trat, nahm der große Raum der Galerie sie erst einmal gefangen, so dass sie Tischer nur kurz begrüßte und ihm ihre Kostümjacke zum Aufhängen überließ. In der Mitte des Raumes stand eine Statue, zierlich, vielleicht einen Meter groß, deren klassisches Profil in Elsa eine Art Sehnsucht nach Klarheit und Offenheit auslöste. An drei Wänden hingen weitere Bilder, die vierte Wand war verglast und ließ einen Blick auf Bochums Panorama zu.

„Kommen Sie", sagte Jóachim auffordernd zu Elsa. „Das Bild da drüben." Und mit diesen Worten zupfte er an ihrem Ärmel, um sie nach links zu dirigieren.

Das Bild zeigte ein weibliches Gesicht mit feinen Zügen und einem voluminösen, schwarzen Haarschopf, der den gesamten Raum bis zum Rahmen füllte. Auf den ersten Blick ein attraktives, geheimnisvolles Gesicht mit sprechenden Augen. Wenn der Betrachter jedoch seine Wahrnehmung umstellte, entsprang aus dem Schatten des Gesichts ein Totenschädel, aus dem schwarze Schlangen und sich windendes Gewürm nach außen krochen. Nach Belieben konnte Elsa die Bilder umspringen lassen, mal das attraktive Gesicht und mal den Totenschädel sehen. Nur war es ihr nicht mehr möglich, das jeweils andere Bild zu vergessen, das immer gleichzeitig mit verborgen war. Der Effekt des Kippbildes war ihr unheimlich, und sie fragte sich, wer wohl so ein Bild über seine Couch hängen würde und ob es nicht eher etwas für die Kunsthalle war.

„Von wem ist das?“

„Sie werden von dem Mann noch nie was gehört oder gesehen haben. Er ist als Maler neu in der Branche: Chresti.“

„Italiener?“

„Wenn Sie wollen.“ Tischer lachte leise, gab aber keine weitere Auskunft.

„Warum wollten Sie mir das Bild zeigen? Ich finde es interessant, aber auch gleichzeitig – widerlich. Tut mir leid, ich urteile nur als Laie und kann gerade mal unterscheiden, was mir gefällt und was nicht. Ich meine, das ist kein Kunsturteil, sondern nur so mein Eindruck ...“

Elsa hob hilflos die Schultern, unfähig, sich besser zu erklären und unsicher, warum Tischer meinte, sie könne sich gerade für dieses Bild interessieren.

„Ich wollte es Ihnen zeigen, weil es mich so sehr an Claire erinnert.“ Tischer sah sie schief an. „Es heißt ‚Die Wahrheit‘. Passend, nicht?“

Mit diesen Worten machte er eine auffordernde Geste in Richtung der Tür mit der Aufschrift: „Privat“. Mit Schaudern löste sich Elsa von dem Bild. An der Tür zu Tischers Wohnung sah sie noch einmal zurück. Die dunklen Augen schienen sie weiterhin anzublicken und waren Elsa plötzlich auf erschreckende Art vertraut.

Jóachim ließ ihr Zeit, sich in seinen Räumen umzusehen. Nachdem Elsa sich gesetzt hatte, einen leichten Weißwein vor sich und zur Krönung der Gemütlichkeit eine Zigarette in der Hand, fragte er sie freundlich: „Liebe Frau Martens, lassen Sie mich doch zunächst wissen, warum Sie sich mit Claires Tod so intensiv befassen. Bitte verstehen Sie mich nicht falsch, aber Sie sind letztlich doch eine Außenstehende, die diese Vorgänge nichts angehen. Oder besser: Sie müssten sich damit nicht befassen, aber Sie tun es doch. Warum?"

„Das kann ich Ihnen vielleicht gar nicht klar sagen. Ich meine damit, ich weiß, dass bei meinem Tun viel Irrationales dabei ist. Und es hat natürlich damit zu tun, dass ich Hermann nun schon so lange kenne und absolut sicher bin, dass er seine Mutter nicht umgebracht haben kann. Das liegt außerhalb seiner psychischen Konstitution. Und jetzt fürchte ich eben, dass der Junge nicht genug Widerstandskraft hat, um sich gegen die Verdächtigungen zu schützen. Er hat doch gerade durch seine Mutter gelernt, dass Widerstand von ihm bestraft wird, so dass er jegliche Ungerechtigkeit hinzunehmen gewohnt ist. Womöglich wird Hermann wegen einer Sache verknackt, die er nicht getan hat, nur weil er sich nicht überzeugend wehrt! Und daher habe ich gedacht: Es hilft ihm nur, wenn der wirkliche Mörder gefunden wird. Von sich aus kann Hermann nichts unternehmen, und warum sollte die Polizei nach jemand anderem Ausschau halten, wenn sie schon einen Verdächtigen hat?"

„Warum sind Sie eigentlich so sicher, dass es sich um einen Mörder handelt und nicht um eine Mörderin?"

„Ach, bin ich gar nicht. Das liegt vielleicht daran, dass ich im Umkreis Ihrer Schwester keine Frau entdecken kann, die ihr nahe genug stünde, um sie derart hassen zu können, oder der ich einen Mord zutrauen würde. Von diesen Badefreundinnen wird's ja wohl keine gewesen sein."

Jóachim stellte lachend sein Glas ab.

Elsa war irritiert. „Warum lachen Sie?"

„Weil Sie Badefreundinnen gesagt haben. So nenne ich diese Damen nämlich auch, und Claire hat mir einmal in aller Öffentlichkeit eine Mordsszene gemacht, weil ich ihre Freundinnen so tituliert habe. Ich würde damit der Tiefe ihrer Gefühle nicht gerecht, und außerdem würde sie mit ihren Freundinnen den geistigen Austausch pflegen, der ihr in ihrer eigenen Familie versagt sei." Er kicherte noch einmal, wurde dann aber ernst. „Trotzdem, Frau Martens, Ihr Engagement für Hermanns Wohlergehen ist doch weit mehr als die professionelle und moralische Verpflichtung, die Sie ihm gegenüber haben. Warum also Ihr Einsatz?"

Elsa schwieg und drückte umständlich ihre Zigarette aus. Clever von Tischer, das zu fragen. Aber was sollte sie ihm sagen? Dass sie selbst geplant hatte, seine Schwester umzubringen, damit der Sohn endlich leben konnte? Die letzte gute Tat vor dem selbstbestimmten Abgang? Himmel, in einer Woche war der 8. August, in einer Woche wäre ihr bewusster Tag gewesen! Aber von diesem Teil ihres Lebens sollte Tischer nichts erfahren, das ging ihn nichts an. Und auch nicht ihr Gefühl Hermann gegenüber, den sie vermutlich doch, wenn sie selbst seine Mutter getötet hätte, in so einer verzwickten Situation zurückgelassen hätte, ohne es zu wollen. Sie hatte Hermann gegenüber einfach ein unangebracht schlechtes Gewissen.

„Ich sag ja, es ist viel Irrationales dabei. Aber da ich mich nun mal darauf eingelassen habe, mache ich auch weiter."

Elsa tat so, als sei die Antwort erschöpfend. Um Tischer abzulenken, redete sie gleich weiter: „Wissen Sie, es ist zwecklos, danach zu fragen, ob jemand im Umkreis Ihrer Schwester ein Alibi hat oder nicht. Das interessiert in diesem Zusammenhang doch gar nicht, weil das, was sie gegessen oder unwissentlich zu sich genommen hat, doch mit der Post, mit einem Boten oder irgendwann durch den Täter selbst ins Haus gelangt sein konnte. Oder es war schon lange im Schulte-Frey'schen Haushalt. Es geht doch nur darum: Wer hatte ein Motiv, und wer hatte die Möglichkeit, an Digitalis zu kommen? Hermann hatte zweifellos ein Motiv, ihr Ehemann – ja, weiß ich nicht, eventuell. Hätte er Zugang zu Gift?“

„Kurts Gäste haben das Essen bis jetzt alle überlebt. Ohne Spaß, Kurt hortet in seiner Speisekammer ebenso wenig Gift wie ich. Ich könnte vielleicht jemanden mit einem Bild erschlagen. Und ein Motiv hätte ich auch: Claire war eine widerliche Person, eine Einschätzung, die ich ihr auch nicht verheimlicht habe. Sagen Sie, Frau Martens, Irrationales ist ja nicht ausgeschlossen, wie Sie vorhin gesagt haben: Hätten nicht auch Sie so ein klitzekleines Motiv gehabt? Hermanns Leben mit einem Schlag zu besseren Bedingungen zu verhelfen? Womöglich haben Sie durch Ihren Kontakt zu Ärzten auch die Möglichkeit, an Digitalis zu kommen.“

Tischer guckte Elsa eher verschmitzt an, als habe er einen netten Scherz gemacht, aber ein angestrengter Zug um seinen Mund verriet Elsa, dass er auf seine Frage durchaus eine Antwort erwartete. So ernst war sie ihm doch.

Du musst jetzt empört sein, gab sich Elsa den Befehl. Wenn du nicht empört bist, sieht er, dass dir der Gedanke durchaus vertraut ist. Nun hast du gedacht, du könntest ihn heute Abend ein bisschen ausquetschen, weil er die Familie und die Verhältnisse am besten kennt, stattdessen sitzt du hier in der Rechfertigungsklemme. Absurde Situation.

Elsa überkam plötzlich ein Lachanfall: sie hier als Meisterdetektivin, selbst verdächtigt, mit einem guten Weißwein im Bauch, und in dieser gepflegten Umgebung ein Gespräch über Mord. Hier sollte man über Literatur und Kunst reden, vielleicht gerade noch über Filme. In der Hoffnung, Jóachim Tischer von weiteren Fragen abzubringen, entschloss sich Elsa, ein Stück Wahrheit zu offenbaren. Er hatte, wie sie an seinen amüsierten Augen sah, ihr unterdrücktes Lachen durchaus bemerkt und wartete immer noch lächelnd auf ihre Antwort.

„Herr Tischer, diese Idee ist mir tatsächlich gekommen. Ohne Hermanns Vertrauen zu brechen: Es ist ja kein Geheimnis, wie sehr Hermann unter seiner Mutter gelitten hat. Sie hat ihn immer wieder an sich und seinen Fähigkeiten zweifeln lassen, ich hab da so manches Mal direkt Wut auf Ihre Schwester bekommen."

„Nehmen Sie an allen Ihren Patienten so viel Anteil?" Ernst und interessiert gefragt, sogar voller Mitgefühl.

„Ich glaube schon, mehr oder weniger. Wissen Sie, ich gehe bei allem, was meine Patienten an mich herantragen, davon aus, dass ich genau wie sie die Gefühle von Trauer, Verwirrung, Lebensangst oder Todessehnsucht kenne, wenn nicht sogar habe. Und in mir ist ebenso wie in meinen Patienten ein Stück Mörderin, abhängig Liebende, Machthungrige oder Besessene, Zwängige oder Kleptomanin. Der Unterschied zu meinen Patienten ist vermutlich nur der, dass ich nicht so stark leide und meine Impulse kontrollieren kann, so dass ich mit meinen Abgründen im Alltag klarkomme. Was nicht heißt, dass ich von meinen Gefühlen nicht auch geschüttelt werde. Aber interessiert Sie das denn, Herr Tischer? Ich fürchte, ich habe mich ein bisschen vergaloppiert."

Jóachim stand auf und stellte sich neben Elsas Sessel. Als er sah, dass sie ihren Kopf weit zurücklegen musste, um ihn anzusehen, ging er in die Hocke, so dass ihre Gesichter auf gleicher Höhe waren. Elsa schaute offen in seine ruhig forschenden Augen und bemerkte, wie sensibel seine auf ihre Lehne gestützte Hand aussah. Sie spürte, wie Aufregung in ihr hochkroch und ihr immer wärmer wurde.

Sie wandte ihren Blick ab und schaute in den abendlichen Himmel. Ihre Gedanken sprangen blitzschnell zu ihrer ersten Begegnung mit Jan: Es war in einer Ringvorlesung gewesen, in der ausgesuchte Dozenten der Abteilungen Psychologie und Pädagogik der RUB über kulturelle und individuelle Normen debattiert hatten. Sie war als Gast geladen und hatte mehr zugehört als geredet; am meisten beeindruckten sie Jan Boersmas ruhige Art und sein Deutsch, das aus seinem Mund manchmal sehr belustigend klang. Nach dem offiziellen Teil der Veranstaltung waren sie ins Gespräch gekommen, wenn das überhaupt Gespräch zu nennen war, denn Elsa fühlte sich völlig vernagelt und hätte diesen Boersma am liebsten immer nur angeschaut. Die Lachfältchen um seine Augen und die gemusterte Farbe seiner Iris, die gesunde Ausstrahlung dieses Mannes, der immer wie ein blank geriebenes Winteräpfelchen auf sie wirkte.

Nun hockte neben ihr dieser junge, hübsche, sensible und zweifellos intelligente Schöngeist, der offensichtlich über mehr Kapazität verfügte, als sie aufgrund seines Anblicks an Claires Begräbnistag vor einer Woche angenommen hatte. Er konnte höchstens Mitte dreißig sein, also viel zu jung für sie, die sie ihren 44. Geburtstag vor sich hatte.

Elsa fühlte ihre Verwirrung schwinden und schaute Jóachim wieder an.

„Elsa, wenn ich Sie so nennen darf, das war hochinteressant für mich, was Sie da gesagt haben. Nur war das gar nicht die Antwort auf meine Frage. Aber Sie haben noch einmal auf etwas geantwortet, was ich vorher gefragt hatte, nämlich, ob nicht auch Sie an einen Mord an Claire gedacht haben. Da ist die Antwort ganz eindeutig Ja. Und ich will Ihnen sagen, dass ich mich Ihnen dadurch sehr nahe fühle, weil ich nun auch kapiert habe, warum Sie das alles für Hermann tun. Der Junge ist es wirklich wert. Ich sage das nicht allein, weil er mein Neffe ist, so aus einer Familienvoreingenommenheit heraus, sondern weil er viele Qualitäten hat: Er ist intelligent, wenn man ihn nicht unter Druck setzt, er ist einfühlsam, differenziert im Urteil und auf liebenswerte Weise auch naiv. Leider hat seine Mutter ihn völlig verkorkst, zum Beispiel im Umgang mit anderen Menschen. Und dann diese Agoraphobie.“

Elsa spürte eine riesige Erleichterung, dass Jóachim nun wusste, woran er mit ihr war, ohne dass sie sich weiter erklären musste. „Sie sind mir auch sympathisch, Herr Tischer, oder besser: Jóachim. Und da Sie nun wissen, was mich bewegt,

Hermann zu helfen, möchte ich gerne von Ihnen ein bisschen was über Ihren Schwager wissen. Ich hatte bei unserem letzten Zusammentreffen den Eindruck, dass er über mein Erscheinen nicht gerade entzückt war. Warum?“

Jóachim erhob sich, wanderte ziellos über die edlen Teppiche und starrte blicklos auf ein Bild, dessen Gegenstand Elsa nicht entschlüsseln konnte. Schließlich setzte er sich wieder Elsa gegenüber in seinen Sessel, seufzte und meinte leise: „Na, der gute Kurt hat es mit Claire auch nicht leicht gehabt, und zu seinem eigenen Erstaunen muss er jetzt feststellen, dass er die Frau, die ihn jahrelang gequält hat, vermisst. Er würde am liebsten alle Fragen, die mit ihrem Tod zu tun haben, ruhen lassen und sich seinem Schmerz hingeben, so seltsam das klingt.“

„Nein, gar nicht seltsam, das kommt mir sehr bekannt vor. Ich habe Witwen erlebt, die mit ihren Männern sehr intensive und gute Beziehungen gehabt haben, und die in Frieden die vergangene Gemeinsamkeit betrachten und den Tod des geliebten Mannes hinnehmen konnten, weil für sie nichts unerledigt geblieben war. Dagegen kenne ich auch etliche, die eine denkbar schlechte Beziehung hatten und sich den Rest ihres Lebens mit ungelösten Fragen quälen oder Gedanken wie: ‚Wenn ich doch ...‘ oder: ‚Hätte er nicht ...‘ Die sind teilweise zu einer aktiven Weiterführung ihres Lebens gar nicht fähig, geschweige denn zu einer neuen Beziehung.“

Als Elsa kurz vor Mitternacht, nachdem Jóachim sie zum Fahrstuhl gebracht und ihr zu ihrem freudigen Erstaunen auf jede Wange einen sanften Kuss gehaucht hatte, in ihren Wagen stieg und zunächst Richtung Stiepel fuhr, hatte sie sein Parfüm noch in der Nase. Sie war heiter und angeregt, und sie hatte noch einiges über Kurts finanzielle Misere erfahren, die sich durch Claires Ableben schlagartig ändern würde.

Mittwoch, den 8.08.1984

Elsa saß mit ihrer Freundin Jutta bei „Mutter Wittig“ und aß das, was sie in diesem Restaurant immer aß: Heringsstipp mit Salzkartoffeln nach Hausfrauenart für 6,50 DM. Jutta hatte sich auf eine Königinnenpastete eingelassen und träufelte nun bedächtig ein paar Spritzer Worcestersauce über ihr Essen.

Sie saßen drinnen im hintersten Winkel, weil das Wetter heute etwas unbeständig war und beide den Wunsch hatten, weder durch Autoverkehr, der hier auf der Bongardstraße bisweilen eine Unterhaltung erschwerte, noch durch interessierte Ohren eines Nebentisches beeinträchtigt zu sein.

„Elsa, nun sag schon, was feierst du denn hier gerade?“ fragte Jutta. „Geburtstag hast du nicht, von einem Hochzeitstag kann keine Rede sein ... oder? Hoffentlich nicht, der Boersma ist nichts für dich, habe ich dir immer gesagt. Der hält dich hin! Der hat seine eigenen Interessen im Kopf, also sei gewarnt, meine Liebe!“

„Ich glaube, da müsste ich eigentlich ganz weit ausholen, aber ich mach mal die Kurzfassung: Ich hatte das heutige Datum dazu auserkoren, mein Todestag zu werden ...“ Elsa sah, dass Juttas Augen sich ein bisschen weiteten, legte ihr aber schnell die Hand auf den Arm, um zu signalisieren, dass sie weiter reden wollte. „Vorher wollte ich aber die Mutter von Hermann umbringen. Du weißt: der Agoraphobiker mit der fiesen Mutter. Um herauszubekommen, was für einen Tagesablauf sie hat, habe ich ein paarmal gegenüber von ihrem Haus geparkt und beobachtet, dass sie dienstags in die Sauna geht. Dabei muss mich wohl jemand beobachtet haben. Einmal bin ich ihr sogar bis zur Sauna nachgeschlichen, um zu sehen, mit wem sie sich trifft. Nämlich mit Freundinnen. Nun stell dir vor: Mir ist jemand mit dem Mord zuvorgekommen! Und weil in Claires Körper, so heißt die Frau, Digitalis gefunden worden ist, ihr Tod also unnatürlich ist, wurde sie obduziert, und alle möglichen Leute werden verdächtigt: ihr Mann, der Sohn, der Bruder und auch ich, weil ich vor dem Haus beobachtet worden bin. Heute Morgen bin ich daher ins Polizeipräsidium geladen worden."

Aufmerksam spähte Elsa in Juttas Gesicht, um zu sehen, wie die verrückte Geschichte von ihrer Freundin aufgenommen wurde.

„Oh je, ich wusste nicht, dass es so schlimm um dich stand. Was glaubst du denn, wer diese Claire umgebracht hat?"

Elsa lachte los, teils vor Erleichterung über Juttas Reaktion, teils über die Absurdität der Situation. Typisch Jutta: Während sie sich über Kleinigkeiten mit theatralischem Temperament echauffieren konnte, war sie bei schwerwiegenden Anlässen von einer Ruhe und Klarsicht, dass manche Erklärungen überflüssig wurden. Sie traf sofort ins Schwarze, ohne zu verletzen.

„Ich weiß es nicht. Aber als ich mich heute Morgen auf den Weg machte, wusste ich: Ich muss die Wahrheit sagen, auch wenn sie gegen mich spricht. Vor allen Dingen wollte ich, dass die Hermann aus dem Kreis ihrer Verdächtigen entlassen, denn der kann seine Mutter nicht ermordet haben. Ich meine von seiner psychischen Konstitution her genauso wenig wie von seiner Beziehung zu ihr. Niemals. Der Junge kann und darf es nicht sein, der hat doch erst jetzt die Chance zu leben! Ich muss rauskriegen, wer es war. Ein Motiv hatten die doch alle: der Gatte, der Bruder, womöglich auch der Liebhaber. Und so, wie ich die liebe Claire durch Hermanns und Jóachims Erzählungen und in einem Telefonat kennengelernt habe, hat sie es geschafft, sich noch etliche Feinde mehr zu verschaffen."

„Wer ist Jóachim?"

„Claires Bruder. Das ist der Typ, der die Penthouse-Galerie am Lohring hat. Kennst du sicher."

Jutta nickte kurz. „Und wie ist das heute Morgen ausgegangen?"

„Der eine, der Wenzel, hat mich in aller Ruhe erzählen lassen, während Harms, der Jüngere, in meinem Rücken saß. Das fand ich ganz schön unangenehm, weil ich nicht sehen konnte, ob der gerade alles aufschreibt, was ich sage, oder schläft oder Grimassen zieht. Auf jeden Fall konnte ich mein Anliegen klarmachen, zu erklären, warum Hermann seine Mutter nicht umgebracht hat. Ganz am Schluss sagt mir dann der Wenzel: ‚Liebe Frau Martens, es tut uns leid, dass wir Ihnen die Zeit gestohlen haben, aber der Fall Claire Schulte-Frey ist geklärt.‘ Ich wusste gar nicht, ob ich erleichtert oder entsetzt sein sollte, denn es hätte ja sein können, dass sie Indizien gegen Hermann gesammelt hatten. Da zieht er eine Schublade auf und holt einen Brief heraus. Den hat er mir nur ganz kurz gezeigt, aber ich habe den ersten Satz gelesen: ‚Ich, Claire Schulte-Frey, gehe freiwillig aus dem Leben, weil ich eine schlechte Mutter und Ehefrau war.‘ Also Freitod! Die statt meiner! Ich war völlig durcheinander! Was sagst du dazu?“

Jutta schluckte ihren letzten Bissen Ragout hinunter und wischte sich den Mund ab. Sie guckte Elsa gerade ins Gesicht und sagte: „Du klingst, als ob da noch etwas fehlt, irgendwas, was du gemerkt hast, und was dich nicht zufrieden sein lässt. Denn warum sagst du: ‚Ich muss rauskriegen, wer das war‘? Also ist noch etwas offen für dich. Aber was?“

„Du bist die bessere Detektivin! Stimmt, da war was, was mir aber erst eingefallen ist, als ich hierher gefahren bin. Der Brief von Claire hatte kein Datum. Claire hat ihn sicher mal für einen ihrer manipulativen Zwecke geschrieben. Das muss aber nicht jetzt gewesen sein. Ohne Datum hätte ihn jeder zu der ihm passenden Gelegenheit verwenden können.“

Jutta fing an zu lachen, so dass ihre kleinen weißen Zähne blitzten. Sie konnte sich gar nicht wieder einkriegen, während Elsa dasaß und dumm guckte.

„Was ist? Habe ich was Blödes gesagt?“

„Nein“, kicherte Jutta und wischte sich eine Träne aus dem Augenwinkel, „aber mir ist eben aufgegangen, warum dich die Beamten noch vernommen haben, obwohl sie vorgaben, die Lösung des Falls zu haben: Die warten darauf, dass du ihnen den Fall löst! Die wissen, dass du Zweifel an Claires Freitod hast, ganz bestimmt. Aber Elsa“, Jutta wurde jetzt ganz ernst, „ich flehe dich an: Sei vorsichtig! Und unternimm nicht alles auf eigene Faust. Bleib in Kontakt mit Wenzel. Ich habe Angst um dich.“

Elsa lächelte schief. „Ja, mach ich. Versprochen.“

„Was ist denn jetzt eigentlich mit der Praxis?“ fragte Jutta.

„Ich habe seit dem 1. Juli geschlossen. Hanna hat sogar schon einen neuen Job, sie ist jetzt im Vorzimmer vom Aslan gelandet, du weißt doch, der Professor, der diese interessanten Untersuchungen zum Thema Körpersprache macht. Da sitzt sie jetzt im GAFO der Uni und könnte mir theoretisch ins Schlafzimmer gucken.“

„Und dein Umzug nach Kiel? Kommt der eigentlich zustande, oder hast du den zu meiner Beruhigung erfunden, damit ich dich nicht von deinem Selbstmordplan abhalte?“

Mit einem leichten Schamgefühl musste Elsa Jutta gestehen, dass sie recht hatte. „Aber ich brauche jetzt die Zeit für die Suche nach Claires Mörder und habe nicht mehr dieses sinnlose leere Gefühl, das mich vor Monaten zu meiner Entscheidung gebracht hat. Ehrlich! Und was später kommt ... mal sehen. Sicher kein Selbstmord. Auch versprochen!“

Freitag, den 10.08.1984, spätnachmittags

Wolf betrat betont lässig das Café Ferdinand und wandte sich zum Fenster, weil er wusste, dass Jo dort Platz genommen hatte. Als Jo ihn anblickte, tat er so, als würde er ihn erst jetzt erkennen, dabei hatte er Tage darauf verwendet, herauszufinden, an welchem Ort er Jo mal ganz zufällig über den Weg laufen könnte. „Darf ich?“ fragte Wolf und wies auf den Platz Jo gegenüber.

„Bitte, gern. Bist du öfter hier? Ich habe dich noch nie hier gesehen.“

„Ich muss jemanden vom Bahnhof abholen und wollte nicht mehr im Büro bleiben. Da dachte ich, ein Kaffee wäre gerade recht. Sag mal Jo“, begann Wolf seinen eingeübten Text, „kannst du mir einen Gefallen tun? Ich habe Claire zu ihrem Geburtstag noch ein Päckchen geschickt, was sie ja nun gar nicht mehr braucht. Ich weiß ja noch nicht einmal, ob sie es ausgepackt hat, wo sie doch schon im Juni mit mir Schluss gemacht hat und womöglich von mir nichts mehr annehmen wollte. Was meinst du, du hast doch Zutritt zu dem Haus? Kannst du das wohl hinkriegen?“ Wolf machte das verlegene Gesicht, dass er zu Hause vor dem Spiegel geübt hatte. „Weißt du, ich war ja im Juli noch so verletzt, dass Claire mich abserviert hatte, da habe ich ihr alle Liebesbriefe, die ich ihr im Laufe der Zeit geschrieben habe, zurückgeschickt. Zum Geburtstag, als Erinnerung an unsere schöne Zeit. Sie hatte mir die Briefe nämlich beim Abschied über den Tisch geschoben, was ich besonders schrecklich fand. Als ob man etwas rückgängig macht. Und dann waren dabei noch so Brüsseler Pralinen, von denen wusste ich, dass sie die besonders gerne mochte. Ich wäre wirklich glücklich, Jo, wenn du mir das Zeug besorgen könntest. Hast dafür auch einen Wunsch frei.“

Jóachim schaute Wolf scharf an. „Kann ich mir nicht vorstellen, dass du mir einen Wunsch erfüllen könntest. Oder doch: Kauf ein Bild bei mir! Ich habe da gerade eins, was mich sehr an Claire erinnert, vielleicht findest du es auch gut.“

„Gern“, sagte Wolf und überschlug kurz den Handel, kam aber umgehend zu dem Schluss, dass es ihm durchaus den Kauf eines Bildes wert wäre, wenn er dafür sein Päckchen wiederbekommen würde.

„Abgemacht", sagte Jo, „ich bin am Wochenende bei Kurt und Hermann zum Abendessen eingeladen, da kann ich mich ja umsehen. Die beiden haben zurzeit gerne Gäste. Hermann sagt, dass sein Vater die Ablenkung braucht, und ihm selbst ist es recht, wenn er etwas tun kann, um seinem Vater das Leben zu erleichtern. Ist wirklich ein guter Junge."

Wolf hatte keine Lust, sich über Claires Sohn oder den Witwer zu unterhalten. Daher suchte er nach einem anderen Gesprächsstoff, den er auch schnell fand, da sie beide auf einer Feier bei einem gemeinsamen Bekannten, Andreas Türmer, gewesen waren, dessen Anbau Wolf konzipiert hatte, und Jo hatte ein grandioses Bild für die neue Halle an Andy verkauft.

Als Wolf eine Stunde später zum Bahnhof schlenderte, um die Fiktion aufrechtzuerhalten, dass er jemanden vom Zug abholen würde, war er guten Mutes, dass er sein Päckchen wiederbekommen würde.

❖

Elsa verließ ihren Posten an der Wittener Straße, den sie für eine Dreiviertelstunde eingenommen hatte, so lange wie Wolf Brinkmann im Café Ferdinand mit Jo zusammensaß. Was diese beiden wohl zu bekakeln hatten? Wie war ihr Verhältnis zueinander? Aber es war klar, dass Brinkmann, den Elsa innerlich den Liebhaber nannte, weil sie seinen Namen nicht kannte, die Gelegenheit gesucht hatte, Jo zu treffen, nicht umgekehrt. Sie folgte Wolf langsam auf seinem Weg zum Bahnhof, um zu sehen, ob er dort wohl jemanden treffen wollte, aber zu ihrer Genugtuung, denn sie hatte es so vermutet, traf er keinen Menschen, sondern ging schnurstracks durch den Bahnhof hindurch und wandte sich nach links zum Parkplatz, wo er in seinen Peugeot stieg. Elsa überlegte sich, wie sie bei Jo auf das Thema Claires Liebhaber zu sprechen kommen konnte. Sie würde das vom Augenblick abhängig machen.

Samstag, den 11.08.1984, morgens

Elsa schloss die Tür zur Praxis auf und roch den Staub, der sich ohne Hanna Zerbans morgendliche Lüftungsaktionen auf den Möbeln niederließ. Sie riss als Erstes das Fenster im Sekretariat auf, dann ging sie in den Therapieraum, wo sie ein eingetrocknetes Usambaraveilchen wässerte und einen Farn kurzerhand in den Abfall warf, weil sich der nicht mehr retten ließ.

Als sie wieder ins Sekretariat ging (ohne Hannas Wirken ein fremder, leerer Raum, unpersönlich und nicht mehr ihre Praxis), sah sie, dass der Anrufbeantworter blinkte.

„Hier ist Kurt Schulte-Frey. Frau Martens, ich hätte gerne mal einen Termin für mich. Vielleicht können Sie das mit Hermanns Terminen verrechnen. Bitte rufen Sie mich an, die Nummer haben Sie ja. Wiederhören!“

Montag, den 13.08.1984, spätnachmittags

„Bitte setzen Sie sich.“ Elsa wies auf den Besuchersessel im Therapieraum. Sie selbst nahm ihren Stammplatz ein, den sie eigentlich nach dem 8. August nicht mehr besetzt haben wollte. Aber jetzt merkte sie, wie vertraut ihr die Situation war und dass sich das alte Interesse an Menschen, wenn nicht gar Neugier, wieder einstellte.

„Frau Martens, ich bin gekommen, um Ihnen meine Situation klarzumachen. Sie werden von Hermann ja schon einiges über unser Zuhause, also besser gesagt, über meine verstorbene Frau und mich, gehört haben, nehme ich an. Da finde ich es besonders wichtig, zu Hermanns Sichtweise noch etwas hinzuzufügen, um Claire nicht in einem falschen Licht erscheinen zu lassen. Sie war nicht, wie sie in ihrem Abschiedsbrief geschrieben haben soll – so hat mir dieser Kommissar Wenzel am Telefon vorgelesen –, eine schlechte Mutter und Ehefrau. Sie hat sich schon bemüht, und in den ersten Jahren unserer Ehe gab es wirklich keinen Anlass zu klagen. Aber Sie müssen auch bedenken, dass ich immer außer Haus war, weil das Hotel meine Präsenz oft bis spät in die Nacht gefordert hat. Kein Wunder, dass Claire sich wohl auch einsam gefühlt hat und unzufrieden wurde. Aber immerhin hat sie weder getrunken noch Liebschaften gehabt, es hätte ja wirklich schlimmer sein können."

Elsa war es gewöhnt, völlig unterschiedliche Darstellungen von Paaren oder Kindern und Eltern über die häusliche Situation geliefert zu bekommen, aber jetzt musste sie doch ihr Gesicht kontrollieren, um ihren Unterkiefer nicht vor Staunen fallen zu lassen.

„Und wie schätzen Sie Ihre Frau als Mutter ein? Fällt das ebenso positiv aus?"

Elsa merkte selbst, dass sie ihren Tonfall besser steuern musste, um nicht zu verstehen zu geben, was vorwiegend Sichtweise von Hermann gewesen war, und was sie sich ebenso zu eigen gemacht hatte.

„Sie war die umsorgende Mutter in Person! Ich komme selbst aus einem lieblosen Elternhaus, daher weiß ich zu schätzen, was Claire alles für Hermann getan hat. Sie hat ihn betütert, sie hat ihn in der Grundschule bis zur vierten Klasse zur Schule gebracht, sie hat ihm jeden Morgen selbstgebackenes Müslibrot mitgegeben, obwohl das kein anderes Kind dabei hatte. Sie hat darauf geachtet, dass er den richtigen Umgang hatte, und als er ein bisschen zu stabil wurde, rein von der Figur her, hat sie ihn in den Fußballverein gesteckt. Da war er leider nicht gut aufgehoben, weil er zu vorsichtig ist und niemals einen anderen Menschen verletzen würde. Ach, Claire, wenn ich so über sie rede, weiß ich, was ich verloren habe und merke, dass ich an meiner Trauer ersticke. Sie müssen verzeihen."

Kurt schaute nach unten und versuchte sichtlich, die Fassung wiederzuerlangen.

Elsas Haltung Patienten gegenüber war so, dass sie deren Gedanken und Gefühlen folgte und sie als subjektive Wahrheit ihres Gegenübers ernst nahm.

„Herr Schulte-Frey, Ihre Frau ist vor knapp einem Monat umgebracht worden, wer könnte da von Ihnen verlangen, dass Sie nicht trauern? Und vielleicht auch noch von anderen Gefühlen beherrscht werden, die ich gut verstehen könnte."

Elsa wollte Kurt damit eine Brücke bauen, sich auch seinem Entsetzen über die Umstände des Todes seiner Frau oder seiner Ohnmacht zu widmen. Doch zu Elsas Erstaunen griff Kurt dieses Angebot in ganz anderer Weise auf: „Ja, das kann man wohl sagen, Frau Martens, und auch darum bin ich hier: Ich möchte Sie bitten, sich nicht weiter um die Umstände von Claires Tod zu bemühen. Sie hat sich selbst das Leben genommen, sie wollte nicht mehr, und ich möchte, dass Sie das respektieren. Ich finde sonst keine Ruhe und möchte doch meine Erinnerung an Claire nicht durch irgendwelche Kleinigkeiten belasten lassen, die ich gar nicht wissen möchte. Ich bitte Sie wirklich, Frau Martens, geben Sie Ruhe. Für Claire und auch für mich."

Kurt hatte mit einem solchen Ernst gesprochen, dass Elsa ihn nur stumm anstarren konnte. Nach einer Pause, die Kurt zu lang fand und Elsa zu kurz, weil sie ihre Worte sorgfältig wählen musste, sagte sie: „Ich kann Ihnen versprechen, dass ich Sie nicht mehr heimsuche. Aber wenn Hermann den Tod seiner Mutter oder irgendetwas anderes mit mir besprechen möchte, biete ich ihm das weiterhin an. Mir liegt nicht daran, Ihnen das Leben schwerzumachen oder Ihre Gefühle zu verletzen."

Damit stand Elsa auf, weil sie das Gespräch für beendet hielt. Doch Kurt blieb noch sitzen und sagte zu ihr: „Danke. Und auch vielen Dank für das, was Sie für Hermann getan haben. Für Ihre Geduld mit ihm. Alles Gute."

Damit hievte er sich aus dem Sessel, gab ihr fest die Hand und ging. Er ließ eine verwirrte Elsa zurück, die sich in einem Dialog zwischen ihr als Therapeutin und ihr als Amateur-Detektivin wiederfand. Doch davon wusste Kurt zum Glück nichts.

Freitag, den 17.08.1984, spätabends

Der Mann, der Elsa Martens umbringen wollte, wusste genau, wann sie sich mit Tischer verabredet hatte. Er wartete gegenüber dem Hochhaus am Lohring im Schutz einer Litfaßsäule. Wenn er sie auf den Parkplatz fahren sah, wollte er die Straße überqueren und sie auf der Treppe nach oben erwischen. Er fingerte an dem dünnen Nylonseil in seiner Hosentasche, ein unschuldig scheinendes Ding mit tödlicher Wirkung, wenn einmal um den Hals geschlungen und kräftig zugezogen.

Ein Scheinwerferkegel erhellte die Gasse zwischen den Autos, auf die ein müder Schein der spärlichen Parkplatzlampen fiel. Der Mann spannte die Muskeln an, probehalber, erkannte jedoch, dass die Person, die dem Pkw entstieg, ein langer, dünner Mann mit kariertem Bibi-Hütchen war, der sich eilig vom Hochhaus abwandte und auf eine Einfahrt am Nachbarhaus zusteuerte, in der er gleich darauf verschwand.

Elsas potentieller Mörder entspannte sich wieder, checkte noch einmal alle Vorbereitungen ab. Er sah das Penthouse erleuchtet, in ruhigem, gedämpftem Licht; der Mann hatte in einem günstigen Moment das Flurlicht des Hochhauses lahmgelegt, den Fahrstuhl im elften Stock auf Nothalt gestellt und an alle Türen recht professionell gedruckte Schilder mit dem Hinweis, der Fahrstuhl sei zurzeit außer Betrieb, aufgehängt. Zu dieser späten Stunde würde das im Haus nicht weiter auffallen, zumal Defekte am Fahrstuhl häufiger vorkamen. Zu den Ärzten im Haus kam sehr unterschiedliches Publikum, das nicht nur

Kommentare in die Farbe der Fahrstuhlwand ritzte, sondern auch die Türangel aushängte, so dass die schweren Türen nicht mehr schlossen, was den Fahrstuhl hinderte zu fahren.

Zwischen dem Türrahmen der Haustür und der Tür selbst lag jetzt ein unauffälliges Steinchen, das die Tür offenhielt und somit jedem Besucher (und auch Elsa) Zutritt gewährte, ohne erst klingeln oder den Schlüsselbund bemühen zu müssen.

Die Hausverwaltung im Erdgeschoss war zu dieser Zeit nicht besetzt; das Büro lag dunkel hinter den Scheibengardinen. Wer sich in dringenden Fällen veranlasst sah, Kontakt mit dem Hausmeister aufzunehmen, musste erst eine Telefonnummer in Herne anrufen, um dann auf den nächsten Tag vertröstet zu werden.

Wieder bog ein Auto auf den Parkplatz, setzte zurück und verschwand in einer Lücke. Der Mann, der Elsa Martens ermorden wollte, machte sich bereit.

❖

Elsa stieg aus dem Auto, schloss ab und ging auf den Eingang des Hochhauses zu. Der schummrige Parkplatz war ihr nicht ganz geheuer, aber als sie das einladende Licht oben in Jóachims Wohnung sah, schritt sie mit ruhigen Schritten auf die erleuchtete Eingangshalle zu. Die Haustür gab sofort nach. Als sie das Schild an der Fahrstuhltür las, stöhnte sie in Erwartung eines beschwerlichen Aufstiegs auf. Elf Stockwerke und eine zusätzliche Treppe. Na, da konnte sie sich innerlich auf Jóachim einstellen. Was hatte er ihr nur Wichtiges zu sagen, so wichtig, dass sie sogar noch spätabends zu ihm kommen sollte? Hoffentlich kein Liebesgeständnis! Elsa war sich nicht ganz sicher, wie weit sie sich auf ihn einlassen wollte, jetzt, da die Situation mit Jan so kompliziert war. Ein bisschen Sehnsucht nach Jóachims Verständnisfähigkeit wechselte mit ihrer Abwehr, von einer Beziehung in die nächste zu stolpern.

Mit sehr gemischten Gefühlen dachte sie an das Telefonat, das sie vorhin mit Jan geführt hatte. Ungewöhnlich, dass er sie abends mal anrief, weil er von zu Hause aus nicht mit ihr zu telefonieren pflegte, um sich keinem Verdacht seiner Frau auszusetzen. Aber heute Abend schien diese mit einer Freundin unterwegs zu sein, und Jan hatte sich auf einen innigen Plausch mit seinem *lekker meisje* eingestellt. Doch Elsa musste ihm sagen, dass sie noch ein Treffen mit Tischer ausgemacht hatte, was ihn zu der Bemerkung veranlasste: „Ik find het niet prettig." Sein *tot ziens* klang eindeutig beleidigt. Das war ihm mit Elsa noch nie passiert, dass sie ihn für einen anderen Mann versetzte. Aus seinen Erzählungen über seine Frau wusste Elsa, dass er dazu neigte, lange zu schmollen.

Um sich ein wenig abzuregen und ihre Empörung zu teilen, hatte sie daraufhin Jutta angerufen, die, wie sie selbst sagte, die Informationen über das Telefonat mit Jan mit klammheimlicher Freude vernahm.

„Er macht das doch täglich, Elsa. Nach jedem Zusammensein mit dir geht er nach Hause, wo er mit seiner Frau zusammenlebt. Was ist der Unterschied? Er billigt sich zwei Frauen als ganz selbstverständlich zu, aber bei dir macht er einen Aufstand. Er misst mit zwei Ellen! Geh du mal schön zu Jóachim Tischer, meine Liebe. Und wenn dir danach ist, die ganze Nacht! Aber ruf mich morgen früh sofort an, ich will wissen, wie es ausgegangen ist."

„Versprochen!"

Sie war die erste Treppe hochgestiegen, als ihr klar wurde, dass das Licht der Eingangshalle ihren Weg bis hierher beleuchtet hatte. Sie suchte an der Wand nach dem Lichtschalter, fand den Knopf, und nichts passierte. Sie drückte erneut. Nichts.

Elsa erwog, wieder umzukehren, Jóachim von einer Telefonzelle aus anzurufen und ihn zu bitten, sie unten abzuholen. Doch dann schämte sie sich ihrer Angst, stellte sich auch den sanften Spott vor, den er über Dunkelangst bei Psychologen und speziell bei Psychologinnen ablassen könnte, und machte sich daher daran, weiter hochzusteigen. Sie würde sich am Handlauf des Geländers orientieren. Zu ihrer kleinen Beruhigung, wenn auch schon mit klopfendem Herzen durch die Anstrengung des Treppensteigens, stellte sie fest, dass auf jeder Etage ein spärliches Licht aus dem Fahrstuhlschacht durch die Glastüren ins Treppenhaus fiel. So würde sie zumindest in jedem Stockwerk eine gedämpfte Lichtinsel vorfinden, auf die sie sich konzentrieren konnte.

Ein unbestimmtes Geräusch von unten ließ sie zusammenfahren. Sie blieb stehen und lauschte. Kein Geräusch, nichts. Sie blickte die vor ihr liegende Treppe hoch, erkannte die ersten Stufen im Dämmerlicht und ging zögernd voran. Ihr wurde warm, sowohl vom Treppensteigen als auch durch das Gefühl, es folge ihr jemand, den sie nicht ausmachen konnte. Geneigt, ihre Ängste sofort zu analysieren, sagte sich Elsa, dies sei die Ungewissheit ihrer eigenen Haltung Tischer gegenüber. Eigentlich gut, dass er jetzt erst einmal für drei Wochen in Urlaub fahren wollte, da konnte sie ihre ungeordneten Gefühle etwas in den Griff bekommen. Wohin wollte er noch mal reisen? Ach ja, nach Griechenland.

Ohne es zu wollen, hatte Elsa innerlich mitgezählt, wie viele Etagen sie schon bewältigt hatte. Sie war jetzt im achten Stockwerk angekommen, als ihr plötzlich ein scharfes Band die Kehle zuschnürte. Sie dachte sofort, dass sie gegen eine über den Flur gespannte Schnur gelaufen sei, wie sie als Kind einmal gegen eine tiefhängende Wäscheleine gelaufen war, aber als sie instinktiv zunächst an ihre Kehle griff, um das Band zu lockern, was ihr nicht gelang, und dann in den Nacken griff, berührte sie eine menschliche Hand. Elsa versuchte, Atem zu schöpfen, um sich mit erneuter Kraftanstrengung gegen die Strangulation zu wehren, aber sie merkte, dass ihr das Luftholen nicht gelang. Der Druck auf ihre Kehle verstärkte sich, sie taumelte, fiel, keuchte. Ihr Kopf fühlte sich an, als sei er ausgefüllt mit der

Farbe Rot, bis sie ein tiefes Schwarz umfing. Ihr letzter Gedanke war: Nun ist es nicht der 8. August, sondern das achte Stockwerk geworden.

Samstag, den 18.08.1984, morgens

Das Erste, was Elsa spürte, als sie ihr Bewusstsein langsam wiedererlangte, war ein heftiger Schmerz beim Schlucken. Sie versuchte, durch Räuspern und Husten die Enge zu überwinden, aber es wurde nur wenig besser. Als sie an ihren Hals griff, konnte sie einen wunden Streifen fühlen, der sich an ihrer Kehle besonders tief eingegraben hatte.

Sehen konnte sie so gut wie nichts. Nur aus einer Richtung ließ ein winzig schmaler Schlitz Helligkeit ahnen, anscheinend war dort die Außenwelt, von der sich Elsa nicht nur durch ihre Isolation in diesem Zimmer oder was immer es war, in dem sie auf dem Boden hockte, getrennt fühlte. Sie streckte vorsichtig und mit Mühe ihre steifen Arme und Beine und begann, auf Knien herumzukriechen, um den Raum zu untersuchen, in dem sie eingesperrt war.

Ein heftig schepperndes Geräusch ließ sie zusammenfahren, das in ein rhythmisches Rollen überging und dann verebbte. Elsa tastete nach dem Ding, das diesen Lärm hervorgerufen hatte und fühlte die Kälte eines Aluminiumeimers. Als sie weitertappte, konnte sie nach ungefähr drei Eimerlängen eine Wand ausmachen, die ihr aber keinen weiteren Aufschluss über ihr Verlies gab. Sie wendete sich um in Richtung der winzigen Helligkeit. Vielleicht konnte sie durch die schmale Ritze nach draußen schauen und ausmachen, wo sie war. Mühsam stemmte sie sich vom Boden hoch und ging mit kleinen Schritten und vor sich ausgestreckten Armen auf die Lichtquelle zu und presste ihre Stirn gegen das Material, das ihr den Blick versperrte. Vom Gefühl her mussten es Holzbretter sein, die hier ein Fenster verbarrikadierten, aber so sehr sie sich auch bemühte, sie konnte durch den Schlitz nichts entdecken.

Enttäuscht wendete sie sich um und tastete sich die Wand entlang, um herauszufinden, wo die nächste Begrenzung des Zimmers war, als sie mit dem Fuß an etwas Weiches stieß, was sie instinktiv zurückschrecken ließ. Was war das? Ein anderer Mensch? Ihr Herz klopfte so laut, und ihr Hals schmerzte sie so sehr, dass sie kurzzeitig fürchtete, in Ohnmacht zu fallen. Sie ließ sich daher wieder in die Hocke nieder und wagte einen suchenden Griff nach vorne, wo sie das Weiche gefühlt hatte. Als sie entdeckte, dass ihr Fuß an eine Matratze gestoßen war, schluchzte sie vor Erleichterung auf. Dort lag auch eine Decke, und als sie das Matratzenende ertastet hatte, griff sie in ein weiches Kopfkissen. Da hat sich doch jemand richtig Mühe gegeben! dachte sie bitter.

Hören konnte sie nichts, so sehr sie sich auch bemühte. Elsa merkte, dass ihre Kräfte langsam schwanden, daher kroch sie auf die Matratze und versuchte, sich das Kopfkissen zurechtzuzerren, was aber so viel Anstrengung verlangte, dass sie ihre Absicht aufgab, ihre Wange auf den kühlen Stoff der Matratze presste und vor lauter Stress sofort einschlief.

Sie wachte auf, als sie Schritte hörte, die sich der Tür zu nähern schienen. Sie lauschte, ob sie noch mehr hören konnte, und versuchte dann zu schreien, aber aus ihrem wunden Hals kam nur ein Krächzen. Warum war sie hier? Wer hatte sie hier eingesperrt? Elsa versuchte, sich zu entspannen, um nicht in Panik zu geraten. Alles regelt sich, alles ordnet sich, alles wendet sich zum Guten. Elsa dachte diese Vorsatzformel, die sie in einem Yogakurs gelernt hatte, stumpf vor sich hin. Fünfmal, zehnmal, bis sie merkte, dass sie ihre Wirkung tat. Sie spürte ihr Herz ruhiger klopfen, ihr Atem war tiefer und gleichmäßiger geworden.

Für irgendjemanden war sie zu gefährlich geworden, indem sie weiterhin nach Claires Mörder gesucht hatte. Kurt? Jóachim? Der Liebhaber, wie immer er hieß? Hermann? Nein, der nicht, der würde nie versuchen, sie umzubringen. Verschiedene Bilder trudelten Elsa durch den Kopf, lösten sich auf, formierten sich neu: Jóachims Hände auf ihrer Sessellehne, Kurts intensiver Blick bei ihr in der Praxis, als er sie bat, mit ihrer Suche aufzuhören. Der angestrengte Blick des Liebhabers in der Telefonzelle, Hannas Griff zur Patientenkartei, ihr Blick aus dem Schlafzimmer auf die Unigebäude, die sich wie Schiffsbugs auf sie zuzuschieben schienen. Das Kippbild in Jos Galerie, Hermanns zögerliches Lächeln, Evelyns Haar, das sich im Nacken kräuselte.

Wieder war Elsa eingeschlafen und wachte auf, weil sie merkte, wie dringend sie musste. Wo war der Eimer? Sie wälzte sich von der Matratze und begann ihre Suche. Als sie ihn gefunden hatte, zerrte sie sich hastig Hose und Unterhose herunter und setzte sich mit einigen Schwierigkeiten auf den harten Eimerrand. Gar nicht so einfach die Balance zu halten! Plötzlich hörte sie wieder ein Geräusch vor der Tür und hielt erschrocken inne, um zu lauschen, aber ihr Druck war so groß, dass sie weitermachen musste. Dabei hörte sie, wie ein Schlüssel ins Loch geschoben wurde, sich drehte und die Klinke heruntergedrückt wurde. Eine dunkle Silhouette, die sich kaum vom Hintergrund abhob, stand in der Tür und schien selbst zu lauschen.

„Verzeihen Sie, dass ich Sie nicht an der Tür empfangen kann“, quetschte Elsa in einer Mischung aus Scham und Galgenhumor hervor. „Aber Sie verstehen, die menschlichen Bedürfnisse sind bisweilen so dringlich, da muss man alles andere unterordnen.“ Die Figur an der Tür machte nur eine kurze Bewegung, so als ob Spiel- und Standbein gewechselt würden, sagte aber nichts. Elsa angelte sich unter einigen Verrenkungen ein Tempo aus der Hosentasche und wischte sich trocken. Dann zog sie ihre Hosen hoch und zerrte die Bluse aus der Jeans, die sie versehentlich mit hineingestopft hatte.

„Kommen Sie nur herein, Herr Tischer, ich kann Ihnen leider keinen Platz in meinem Wohnklo anbieten.“

„Woher wissen Sie ...?“

„Weil ich Anagramme liebe und ziemlich gut darin bin, sie zu entschlüsseln.“

„Ich verstehe nicht ... Was haben Anagramme mit dieser Sache zu tun?“ fragte Jóachim mit gepresster Stimme.

„Ich hatte hier einige Zeit, nachzudenken, und was ich durch Nachdenken nicht geschafft habe, das hat mir der Schlaf vermittelt: Die Informationsteile dessen, was ich über den Mord an Claire wusste, konnten nur in einer bestimmten Weise richtig passen. Wie bei einem Anagramm: Man stellt die Buchstaben so lange um, bis ein passendes Wort herauskommt. Ich habe die Informationen, die ich über die Situation hatte, so lange umgestellt, bis ich eine sinnvolle Lösung hatte: Sie hatten Zugang zu Claire, Sie haben sie gehasst, Sie haben mich ausgefragt, warum ich mich nicht zufrieden gebe mit dem Stand der Ermittlungen. Sie mussten nett zu mir sein, um mein Vertrauen zu gewinnen, damit Sie immer wussten, wie weit ich war. Sie hatten am ehesten die Gelegenheit, hier im Haus die Vorbereitungen für einen Überfall auf mich zu treffen. Stimmt's, Herr Tischer, genannt Chresti, selbsternannter italienischer Maler?“

Jóachim ließ sein hohes Lachen hören. „Bravo, Frau Martens, gar nicht übel. Aber was hilft es Ihnen jetzt? Gar nichts.“

„Wieso haben Sie Ihr Werk nicht zu Ende gebracht, Herr Tischer? Gleich dort auf der Treppe im achten Stock?“

„Weil der Hausmeister kam. Den hatte ich natürlich nicht erwartet, weil der um diese Zeit eigentlich zu Hause in Herne zu sein hat. Aber er hatte seine Haustürschlüssel im Büro liegen lassen und ist daher noch einmal zurückgekommen. Weil der Fahrstuhl ja nicht ging, war klar, dass er sich nicht nur um das Licht im Treppenhaus kümmern würde, sondern auch nachsehen würde, was mit dem Aufzug war. Da musste ich meinen Plan B nehmen und Sie hier einsperren. Ich hätte Ihnen und mir das gerne erspart.“

„Da kann ich dem Mann im grauen Kittel ja nur dankbar sein“, meinte Elsa.

„Der heißt Graumann, passend, was?“ Jóachim Tischer lachte leise und wieder ein bisschen zu hoch.

„Und wie geht das nun hier weiter mit uns?“ fragte Elsa. Blitzartig fuhr ihr durchs Hirn, dass dieser Satz unter anderen Bedingungen eine fröhlichere Aussicht aufs Leben hätte erwarten lassen, nicht hier in dem verdunkelten Zimmer, und sie gefangengehalten von Jo Tischler. Es wäre eben auch nicht abwegig gewesen, sich in ihn zu verlieben: ein smarter Typ, leider ein Mörder. Aber wäre sie das nicht beinahe auch geworden? Worin unterschieden sie sich?

„Eigentlich ist zwischen uns gar kein so großer Unterschied, nicht? Ich hatte auch vor, Ihre Schwester zu töten. Wegen Hermann. Und Sie? Auch für Hermann? Oder aus welchem Motiv heraus?“ Elsa wollte das wirklich gerne wissen, wenn es auch so aussah, als wolle sie Zeit schinden. Genau das schien Jo aber zu denken.

„Ich habe keine Lust, Ihnen das zu erklären“, meinte er überraschend mürrisch. „Geht Sie ja auch nichts an.“

In diesem Augenblick konnten beide durch die offene Tür hören, dass sich der Aufzug in Bewegung zu setzen begann und stetig höher stieg, bis er mit einem Klappern hielt. Beide hörten das metallene Aufrollen der Tür. Da war jemand bis nach oben gefahren. Und auch auf der Treppe zur Galerie im zwölften Stockwerk waren jetzt Schritte zu hören, die zweifellos auf dem Weg zu Jóachim Tischer waren. Der zischte: „Keinen Mucks, ich warne Sie!“ und schloss die Tür des Verlieses geräuschlos; Elsa hörte das Drehen des Schlüssels und ein leises Klimpern, als würden mindestens zwei Schlüssel aneinanderstoßen.

Sie ging so schnell wie sie sich in der Dunkelheit traute in Richtung Ausgang und lauschte.

„Hallo, was treibt dich zu mir?“ hörte Elsa Tischer zu jemandem sagen. Die Antwort war nicht zu verstehen, aber was sie erkannte, war Hermanns Stimme.

„Hermann!“ schrie sie so laut, wie ihr wunder Hals es zuließ. „Hermann, retten Sie mich. Ich bin hier eingesperrt! Ihr Onkel ...“ Mehr konnte sie nicht rufen, weil die Verzweiflung sie überkam und nur noch ein würgendes Schluchzen sich durch ihren Hals presste. Schlagartig sah sie das Logo der Versandfirma vor sich, das im elften Stockwerk ein Büro unterhielt: Jetzt musste Wochenende sein, daher wäre dort kein Mensch auf der Etage. Also würde sie keiner hören.

Neuntes Treffen der drei Freundinnen

„Da bin ich aber froh, dass du nun nicht mehr in der Bibliothek arbeitest, meine liebe Daggi, denn auf diese Weise haben wir mehr von deinem Krimi am Stück zu lesen bekommen als vorher. Wie geht es dir in deinem neuen Privatleben? Vermisst du deine Arbeit, oder deine Kollegen und Kolleginnen?“ Judith hält Dagmar weiterhin in ihrer Umarmung zur Begrüßung.

„Nicht die Bohne! Ich fühle mich frei und selbstbestimmt, und am besten ist, dass ich nicht mehr so viel Verantwortung habe, weil ich weder für die Mitarbeiter und Mitarbeiterinnen zuständig bin noch für die immensen Geldsummen, mit denen ich immer zu tun hatte. Ich meine den Etat für die Beschaffung der Bücher“, setzt sie auf Judiths fragenden Blick hinzu.

Bella ist noch nicht da. Sie hat den weitesten Weg und gerät manchmal in den Stau auf der A 43.

„Weil du nun endlich Zeit für dich hast, habe ich dir diesmal ein Buch neben deine Teetasse gelegt, von Chandler, da kannst du nachlesen, was in einem Krimi vorkommen sollte.“

„Kenne ich vom Titel her, hatte aber nie Zeit, es zu lesen. Dank dir, Judith, du mitdenkende Freundin! Bekommt Bella auch ein Buch?“

„Ja, aber eher ein Bilderbuch: ist nämlich eine Sammlung von Fotos über Südtirol, wo sie demnächst hinfährt. Das kann schon mal ihre Vorfreude wecken.“

In diesem Augenblick klingelt es Sturm – das muss Bella sein. „Lass nur, Thomas geht“, sagt Judith zu Dagmar, die ihrer Freundin den Weg zur Haustür abnehmen will. So setzen sich beide schon mal an den Teetisch. Judith scheint auf etwas zu lauschen, dann sagt sie: „Du hast recht, Daggi, ich wollte es ja nicht glauben. Ich kann nicht verstehen, was Bella sagt, aber ich höre, dass es ihre Stimme ist. Also konnte Elsa auch hören, dass Hermann seinen Onkel besucht, ohne den Inhalt der Worte zu verstehen.“

Jetzt kommt Bella breit lächelnd ins Zimmer, ihre blauen Augen blitzen, und wie immer ist ihr Teint leicht gebräunt.

„Tach, meine Lieben." Sie beugt sich zu Judith herunter und gibt ihr einen Kuss auf die Wange, dann kommt sie zu Dagmar herüber und umarmt diese. „Heute habe ich euch was richtig Schönes mitgebracht."

Sie überreicht beiden ein dünnes Buch im DIN-A4-Format. Dann fällt ihr Blick neben ihre Teetasse, und sie jauchzt: „Hach, heute ist Büchertag!"

Bellas Mitbringsel ist eine Sammlung englischer Geschenkpapiere von William Morris. „Weil ich doch eine Schwäche für schöne Verpackungen habe", erklärt sie den Freundinnen. „Aber ich bin ja schwer enttäuscht von dir, meine liebe Daggi. Ich dachte, wir bekommen in deinem Krimi eine richtige Liebesgeschichte zwischen Elsa und Jo serviert, da machst du ihn zum Mörder! Auf den hätte ich nicht getippt, weil er mir sympathisch war, und auch, weil er ein bisschen geheimnisvoll ist."

„Stimmt", fällt Judith ein und rutscht auf ihrem Sessel nach vorn. „Ich hätte auch sehr gerne gesehen, dass dieser Jo dafür sorgt, das holländische Winteräpfelchen auszustechen. Oh, ein schiefes Bild, aber ihr wisst, was ich meine: Der Jan ist doch für die Elsa nicht der Richtige gewesen, da habe ich auch gehofft, dass Elsa durch Jo auf andere Gedanken kommt. Hat sie ihm nicht in gewisser Weise vertraut? Und nun das! Aber Daggi", wendet sie sich der Freundin zu, „das Motiv von Jo ist mir völlig unklar! Warum bringt er seine Schwester um, die er nach eigener Aussage schon immer gehasst hat? Warum jetzt?"

„Mädels, der Showdown ist doch noch gar nicht gewesen, da müsst ihr euch noch ein wenig gedulden. Ist es nicht immer so, dass am Ende noch alles erklärt wird? Alle hängenden Handlungsstränge müssen doch so miteinander verknotet sein, dass kein Faden in der Luft bleibt, versteht ihr?"

„Und wo ist eigentlich Evelyn geblieben, die vermisse ich inzwischen. Geht die Geschichte mit Hermann und ihr noch weiter? Damit es wenigstens eine Liebesgeschichte gibt, wo du uns die zwischen Jo und Elsa schon vorenthältst.“ Bella hat nicht vergessen, dass Judith ihr eine gewisse Ähnlichkeit mit Evelyn zugesprochen hat und möchte daher diese Figur im Krimi gewürdigt wissen.

„Stimmt“, sagt Dagmar, „die Evelyn muss ich noch mal aus der Versenkung holen. Danke für den Tipp.“

„Das Kippbild, Daggi, das hat doch sicher irgendeinen Bezug zu der ganzen Geschichte, oder bezieht sich das nur auf die finstere Seite von Claire? Ich glaube, da hast du dir noch etwas mehr gedacht, oder?“ Judith schaut forschend in Dagmars Gesicht, die sich um eine stoische Miene bemüht.

„Ah ja, ich sehe schon, wie du versuchst, mich nicht in deine Gedanken eindringen zu lassen. Dann lohnt es sich umso mehr. Ich habe da nämlich einen Verdacht. Wenn das Bild bei Jóachim Tischer ‚Die Wahrheit‘ heißt, kann das für die Handlung doch bedeuten ...“

Judith, Rechtsanwältin und gewöhnt, sachlich zu denken, ohne die Psychologie der Menschen außer Acht zu lassen, erklärt nun Bella und Dagmar, wie sie sich die Auflösung des Krimis vorstellt. Während Bellas Augen immer größer werden, beginnt Dagmar mit der Zeit zu grinsen, was Judith als Bestätigung für ihre Hypothesen ansieht.

Bellas innere Beteiligung zeigt sich deutlich darin, dass sie plötzlich aufspringt und ein paar Schritte gehen muss, als hielte es sie nicht mehr im Sessel aus, und wie immer schlägt sich ihre emotionale Erregung in einer kräftigen Ausdrucksweise nieder: „Leckt mich am Arsch, was habt ihr für eine Fantasie!“

Samstag, 18.08.1984, mittags

Jóachim Tischer hatte seinen Hartschalenkoffer im Flur abgestellt und war dabei, die wichtigsten Utensilien seines Daseins einzupacken: alle Dokumente, die nötig waren, um in einem neuen Land Fuß zu fassen, genügend Bargeld, eingenäht in den Ärmel seines Jacketts, und ein paar, aber wirklich nur ein paar Kleinigkeiten, an denen sein Herz hing. Ruhig zog er seine Bahn von seinem Büro aus zum Koffer, von dort aus zum Bad, um die nötigsten Kultursachen einzupacken, dann in die Küche, um einen Schluck zu trinken. Er hörte dabei, dass Elsa angefangen hatte, an die Wand zu klopfen und musste grinsen: Glaubte sie im Ernst, dass er sich dadurch bewegen lassen würde, zu ihr zu gehen? Mochte sie klopfen, bis ihre Knöchel kaputt waren, vielleicht würde sie jemand am Montag hören, wenn das Büro der Versandfirma ein Stockwerk tiefer wieder besetzt war. Plan B hatte den Vorteil, sich nicht die Hände durch einen Mord an Elsa schmutzig zu machen. Freiheitsberaubung reichte, Hauptsache er gewann Zeit für seine Flucht.

Oder sollte er sie als Geisel mitnehmen? Ach was, das war nur ein Umstand. Er müsste sie fesseln und ihr die Augen verbinden, damit sie nicht wüsste, wo sie wäre. Sollte sie doch hier ein Wochenende lang rufen, er würde sie bald nicht mehr hören. Er wäre sogar so großzügig, ihr einen Krug mit Wasser hinzustellen, damit sie nicht verdurstete. Allerdings ekelte ihn die Vorstellung, das Einzimmerappartement, das er vor einem Jahr zu seiner Wohnung hinzu gemietet hatte, zu betreten, denn er konnte sich vorstellen, dass der Eimer nun deutlich vor sich hin roch.

Auf dem Schreibtisch lag noch ein Packen Briefe, die er durchsehen wollte, um zu entscheiden, ob er sie mitnehmen, hier deponieren oder vernichten sollte. Auch der Brief von Claire, den sie ihm am 13. Juli zusammen mit einem Brief an Hermann geschrieben hatte, lag noch auf der ledernen Schreibtischunterlage.

Mit spitzen Fingern griff Jóachim den Brief und überflog ihn ein letztes Mal, in der Absicht, ihn nach dem Lesen zu vernichten.

Bochum, den 13.07.84

„Jóachim,

Du Schwein, der Du Dich für einen Ästheten hältst!

Ich sag Dir nur eins: Finger weg von meinem Sohn! Er soll nicht so ein schwuler Untermensch werden wie Du, so ein widernatürlicher Tuntenaffe, wie Du einer bist. Spielst Du in Deinen absonderlichen Beziehungen, die Du pflegst, immer den Part der Frau? Ich verachte Deinen Lebenswandel und Deinen unnatürlichen Charakter, ich hasse Deine ekelerregende Sexualität. Wenn ich mir vorstelle, Du könntest meinen Hermann in diese abwegige Richtung treiben, dann wird mir speiübel.

Ich werde dafür sorgen, dass Dein sorgsam gehütetes Lebensgeheimnis allen Deinen Bekannten und Kunden zugänglich wird, wenn Du Hermann nicht augenblicklich nach Hause schickst.

Woher ich von Deinem schweinischen Umgang mit Männern weiß? Ha, du nicht ausreichend intelligenter (warmer) Bruder! Deine sogenannten Freundinnen, mit denen Du Dich bei offiziellen Anlässen schmückst, sind wirklich nur zur Dekoration gedacht, damit Du Dir unter dem Anschein des weltgewandten Casanovas mit ständig wechselnder Begleitung Dein dreckiges Schwulendasein leisten kannst. Aber einmal bist Du wohl an die Falsche geraten, die mehr wollte als Dein zuvorkommendes, einfühlsames Wesen. Die wollte einen *Mann*, und als sie Dich auf Deinem eigenen Bett endlich flachgelegt hatte, da schmolz Deine ganze mühsam aufrechterhaltene Ritterlichkeit zusammen zu einem Häufchen Abwehr.

Ich habe dies alles schriftlich und beglaubigt von Peggy H., die Du vielleicht unter dem Namen Elfriede kennst. Ja, die! Hättest Du wohl nicht gedacht, dass eine meiner Badefreundinnen, wie Du immer so abfällig sagst, Dich verraten hat! Überdies hat ein mir dienstbarer Geist auch Fotos in Amsterdam und Frankfurt gemacht und mir übergeben, die anzusehen mir ein Ekel ist, die aber Deine Kundschaft gegebenenfalls interessieren werden … Nackte, umschlungene Männerleiber. Widerlich!

Du wirst schon mit der Zeit merken, dass immer weniger Leute in Deine Galerie kommen werden, dass sie Dir nicht mehr die Hand geben, geschweige denn aus einem Deiner edlen Gläser mit Dir auf eine gelungene Ausstellung anstoßen wollen. Wer will sich schon bei Dir anstecken? Ich habe sogar eine Kopie des ärztlichen Befundes (mit Geld ist alles möglich); abzustreiten oder zu dementieren, dass Du HIV-positiv bist, ist daher zwecklos.

Also lass den Jungen nach Hause kommen, und Dein süßes Geheimnis bleibt Dir erhalten. Wobei ich mich frage, ob ich Hermann nicht doch etwas sagen sollte … Mal sehen. Ist abhängig davon, wie Du Dich verhältst.

Gib den beiliegenden Brief an Hermann.

Claire

P.S. Kurt weiß nichts von Deiner Perversität, ich bin ja ein anständiger Mensch.“

Jóachim zerriss den Brief. Claire hatte ihren Tod weiß Gott verdient. Als Hermann am Morgen dort war, um ihm zu sagen, dass er am kommenden Mittwoch mit Evelyn verreisen würde und daher vor dem Urlaub seines Onkels noch einmal verabschieden wollte, war er kurz versucht, Hermann reinen Wein einzuschenken. Aber er hatte sich dann doch dagegen entschieden. Er würde ihm einen Brief hinterlassen, der ihn über die Hintergründe der Ereignisse aufklären würde. Außerdem wollte er noch eine Verfügung formulieren, dass Hermann die Galerie und die Wohnung übernehmen könne. Wäre ja ein Jammer, wenn alles unter den Hammer käme und womöglich in fremde Hände.

Wenn Jóachim Tischer zurückdachte an die Ereignisse der jüngsten Zeit, gab es einen Moment, über den er heute noch glücklich war: Hermann hatte ihn vor einem Monat angerufen, als seine Mutter morgens nicht mehr aufwachte, Panik in der Stimme, und darum gebeten, dass sein Onkel zu ihm kommen möge. Ohne nachzudenken, ganz intuitiv, aber gezielt, hatte er einen Brief aus seiner Schreibtischschublade gezogen, hatte seine Schlüssel geschnappt und war zu Kurt und Hermann nach Hiltrop gefahren.

Es war eine Selbstmorddrohung, die Claire einmal verfasst hatte, um Hermann moralisch zu zwingen, wieder nach Hause zu kommen, die Tischer dann in einem unbeobachteten Moment und eine Minute, bevor sich ein bulldoggengesichtiger Polizist durch die Haustür quetschte, in ihren cremefarbenen Schreibblock legte. Claire hatte wahrscheinlich vorgehabt, diesen Brief gut sichtbar hinzulegen, damit Kurt ihn finden würde. Dann hätte sie ein paar Schlaftabletten geschluckt, die gewährleistet hätten, dass sie morgens nicht von alleine aufgewacht wäre. Das hätte Hermann endgültig in die Knie gezwungen: Er wäre schnurstraks wieder nach Hause zurückgekommen!

Jóachim hatte diesen Brief an ihrem Geburtstag an sich genommen. Unter dem Vorwand, auf die Toilette zu gehen, hatte er eine Stippvisite in Claires Boudoir gemacht, um sich nach etwas umzusehen, mit dem er sich an seiner Schwester rächen könnte. Der Fund des Briefes war für ihn ein solcher Glücksfall, dass seine Rachegefühle schlagartig in sich zusammenfielen, als würde sich ein Feuer aufzehren, dass keine Nahrung mehr hatte. Und kein Datum auf dem Brief, also war er nutzbar zu machen, wann immer er ihn brauchte! Und er wollte nicht ausschließen, dass er ihn mal einsetzen könnte, wenn sie begann, ihre Drohungen wahrzumachen.

Er war mit einem leichten Grinsen und innerlich frohlockend zu der kleinen Gesellschaft am Tisch zurückgekehrt, die sich gerade angeregt darüber unterhielt, dass Ausländer doch immer so anders wären und sich nicht an die deutsche Gesellschaft anpassen wollten. Bei dem Wort Andersartigkeit hatte Claire ihn kurz, aber bedeutungsvoll angesehen, und er konnte freundlich zurücklächeln, was sie anscheinend erstaunte. Zumindest erschien eine kleine, strenge Falte zwischen ihren Augenbrauen, die sie in der Woche vorher bei der Kosmetikerin sorgfältig hatte zupfen lassen.

Schade, dass die Martens in ihrer ungesunden Bindung an Hermann partout noch weiterschnüffeln musste. Er hatte gedacht, dass er sie durch seine Fragen nach ihren Motiven hindern könnte, sich weiter mit den Umständen von Claires Tod zu befassen, wo doch selbst die Polizei schon zufrieden war mit der Aufklärung. Aber nein, diese Psychologin musste ja wie zwanghaft ihr Besserwissertum demonstrieren und ihre Nase weiterhin in fremde Angelegenheiten stecken. So gab es für ihn keine bessere Lösung, als Elsa Martens aus dem Weg zu schaffen; leider war ihm der Graumann in die Quere gekommen. Nun hockte da im Nachbarzimmer eine Frau, die vermutlich schon leise vor sich hin müffelte, was seine Hochachtung, die er ihr widerwillig zollte, etwas schmälerte. Nun, für Hermann war alles gut ausgegangen, und das war schließlich das Wichtigste.

An was war noch zu denken?

Die Fahrkarte für die Bahn, um nach Frankfurt zum Flughafen zu gelangen, hatte er am vorigen Morgen besorgt, das Flugticket nach Sao Paulo steckte in seiner Brieftasche. Er würde Manuel noch anrufen müssen, um seine Ankunftszeit durchzugeben. Es kribbelte in seinem ganzen Körper vor Aufregung, wenn er daran dachte, dass er nächste Nacht in einer anderen Stadt auf einem anderen Kontinent seinen Koffer abstellen würde, um seinen Liebsten zu umarmen. Manuel hatte seit zwei Jahren um ihn geworben, aber Jóachim konnte sich nicht entscheiden, seine Galerie zu verlassen. Jetzt waren die Umstände anders: Es war angezeigt, aus Deutschland zu verschwinden, um nicht belangt zu werden. Sollte doch mal einer in einer Millionenstadt wie Sao Paulo versuchen, jemanden zu finden! Und Manuels gute Beziehungen zur brasilianischen Botschaft sowie seine eigenen Kontakte zur deutschen, die jetzt ein schnelles Visum ermöglicht hatten, würden zusätzlich verhindern, dass er gefunden, geschweige denn nach Deutschland ausgeliefert würde.

Wie gut, dass er überall die Nachricht gestreut hatte, er ginge für drei Wochen in Urlaub nach Griechenland! Von seinen Bekannten, Freunden und Kunden würde ihn daher keiner vermissen und womöglich eine Vermisstenanzeige bei der Polizei aufgeben.

Da hämmert die Martens doch wieder gegen die Wand, nervig! dachte er. Er würde ihr jetzt sagen, dass sie am Montag wieder frei sein würde, damit sie Ruhe gab. Dann konnte er hoffentlich unbehelligt von störenden Geräuschen seinen Brief an

Hermann schreiben. Schicken oder hier liegen lassen? Hier lassen, Hermann hatte schließlich einen Schlüssel.

Zehntes Treffen der drei Freundinnen

„Daggi, ich kann es ja nicht fassen, dass vor 25 Jahren die Welt so prüde gewesen sein soll, dass man, um seine Homosexualität zu vertuschen, auch einen Mord begangen hätte!“ Bella rollt mit den Augen und schüttelt gleichzeitig den Kopf.

„Oh ja“, sagt Judith ernst, „der Paragraph 175 des deutschen Strafgesetzbuchs existierte vom 1. Januar 1872, dem Tag des Inkrafttretens des Reichsstrafgesetzbuches, bis zum 11. Juni 1994. Es ist erst 15 Jahre her, dass sich das Gesetz der Lebensrealität angepasst hat. In anderen Ländern ist die Entwicklung nicht so liberal: Im Irak zum Beispiel werden Homosexuelle immer noch systematisch gefoltert und getötet. Und in Jamaika sind Homosexuelle Freiwild, die man nach Lust und Laune verprügeln oder umbringen darf. Sex unter Männern wird als abscheuliche Unzucht gewertet und mit zehn Jahren Gefängnis und Zwangsarbeit bestraft. Damit ist die Bevölkerung auch einverstanden: 96 Prozent sind gegen eine Lockerung der Gesetze.“

Dagmar ist es nicht recht, wenn zu schnell auf Missstände in anderen Ländern geschaut wird und führt daher den Blick zurück auf Deutschland und das Metier, in dem sie sich auskennt.

„Vielleicht ist das nicht so dramatisch, aber immerhin auch symptomatisch, dass erst vor zwanzig Jahren die Bochumer Bibliothek zum ersten Mal eine Literaturliste zum Thema Homosexualität herausgegeben hat. Und das war auch nicht unumstritten.“

Bella weiß auch etwas aus ihrem Interessengebiet beizusteuern: „Ja, ja, in den deutschen Fußballstadien ist das immer noch ein Tabu. Wenn ein Spieler schwul ist, wird er das nicht äußern, sonst werden alle Dusch-und-Seifen-Witze dieser Welt aus der Versenkung geholt. Und sprachlich ist ‚schwul‘ immer noch ein Schimpfwort in der Sparte: ‚Schiri, du schwule Sau!‘ oder

‚Spiel nicht so schwul'; das ist von den Rängen immer noch zu hören."

„Könnt ihr euch vorstellen, dass in einer Zeitung gefordert würde: Heterosexuelle Spieler sollen sich outen? Daran sieht man doch, dass Schwule und Heterosexuelle unterschiedlich gesehen und behandelt werden. Schwul sein, das heißt schon in manchen Köpfen: nicht normal sein, aber nicht im statistischen Sinne, sondern als Synonym für unnatürlich."

„Könnt ihr euch noch an die damaligen Ausdrücke für ‚schwul' erinnern? Da gab es dann die Umschreibungen ‚vom anderen Ufer' oder ‚anders herum'. Wenn ich das heute hörte, würde ich loslachen, so absurd finde ich das."

„Es war gut, dass sich in Deutschland auch der Christopher Street Day etabliert hat, ich glaube, das hat der Entwicklung einen guten Schub gegeben. Da haben sich dann die Leute wirklich gezeigt, das tut einer Sache immer gut. Denkt an die Veröffentlichung der Bilder von Frauen, die sich dazu bekannt haben, dass sie abgetrieben haben. Nur so ist die Diskussion darüber in Gang gekommen."

„Ich glaube, ich hätte zu viel Schiss, mich öffentlich zu irgendwas zu bekennen", sagt Bella jetzt wieder ernst. „Ich könnte es nicht aushalten, geschnitten oder diffamiert zu werden, nur weil ich bin wie ich bin. Könntet ihr das?"

„Ich wohl nicht", bekennt Dagmar, „und ich konnte es gut verstehen, dass Biolek und Kerkeling damals nicht begeistert waren, als Rosa von Praunheim sie als schwul geoutet hat. Das war immerhin noch 1991! Auch wenn letztlich daraus Gutes entstanden ist, aber sie hatten Angst um ihre Karriere. So wie mein lieber Herr Tischer eben auch."

Dagmar grinst ein bisschen, weil es ihr gelungen ist, den Bogen zu ihrem Kriminalroman wieder zurückzuschlagen.

„Aber wenn du eine Lanze für die Schwulen brechen willst, solltest du doch nicht gerade so einen zum Mörder machen, Daggi! Ist das nicht kontraproduktiv?"

„Finde ich gar nicht, weil ich die Erpressung durch Claire und den Druck, unter dem Tischer stand, sein Geheimnis zu wahren, ja auch beschrieben habe. Und ist es nicht eine Art neue Diffamierung, jetzt jeden Schwulen zum Gutmenschen zu machen? Unter allen Menschen gibt es Mörder, Diebe, Betrüger und Lügner. Ebenso wie es Anständige, Hilfsbereite, Aufrechte und Ehrliche gibt.“ Dagmar schaut Judith herausfordernd an.

„Oh ja, das stimmt auch wieder. So wie es unter Deutschen und Ausländern auch immer gute und miese Typen gibt. Touché, meine Liebe.“ Judith neigt ihren Kopf ein wenig, um Dagmar zu zeigen, dass sie ihrer Argumentation folgt.

„Hast du gemerkt, Bella, dass ich dir im Krimi ein Geschenk gemacht habe?“ fragt Dagmar ihre Freundin.

„Geschenk? Nee, was meinst du damit?“

„Du hast bei irgendeinem unserer Treffen mal gesagt, dass du schöne Verpackungen magst, und dieser Satz hat sich bei mir eingegraben. So habe ich dir mit Tischer einen hübschen, klugen, charmanten Mann beschrieben, der aber im entscheidenden Augenblick seine Interessen auf grausame Art durchsetzen will.“

„Und gibt's für mich auch was? Hast du mir auch ein Geschenk in die Geschichte geschrieben?“ fragt Judith.

„Ich dachte, das hättest du schon lange gemerkt! Beim Schreiben musste ich immer aufpassen, dass ich bei Elsas bester Freundin Jutta nicht Judith schreibe.“

„Ich hab das gemerkt und war ein bisschen eifersüchtig“, sagt Bella. „Bin ich jetzt schwul?“

„Vielleicht hat jeder ein bisschen Schwulsein in sich. Macht das Leben doch bunter!“

Samstag, den 18.08.1984, abends

Elsa angelte vorsichtig nach dem Wasserkrug, den Tischer ihr mit dem Fuß neben die Tür in den Raum geschoben hatte. An seiner Stimme hatte sie erkennen können, dass er sich ein Tuch vor Mund und Nase gehalten hatte. Sie konnte sich vorstellen, dass der Raum in der Zwischenzeit nicht mehr ganz appetitlich roch, aber sie selbst konnte das nicht wahrnehmen. Nur die Tatsache, dass ihr immer wärmer geworden war, so dass sie ihre Bluse erst aufgeknöpft und dann ausgezogen hatte, ließ sie darauf schließen, dass das Zimmer nach Süden lag und die Sonne den Nachmittag über mit voller Breitseite auf die Wand knallte.

Gott sei Dank war der Krug schwer, so dass sein Inhalt noch einige Zeit reichen würde. Was mochte Tischer mit ihr vorhaben? Er hatte gesagt, dass sie am Montag befreit würde, aber wie das geschehen sollte, hatte er nicht verraten. Überhaupt, er war so kurz angebunden gewesen, als ob er es eilig hätte.

Und wirklich, eine halbe Stunde später hatte sie von nebenan das Schlagen einer Tür gehört und ganz entfernt das Klackern von harten Absätzen auf der Treppe. Dann war es still geworden. Kam er wieder? Und wenn ja, wann? Elsa fand es müßig, darüber nachzudenken und konzentrierte sich lieber darauf, wie sie ihre Kräfte schonen konnte für den Fall, dass Tischer wieder die Tür öffnete. Dann wollte sie ihn anspringen, notfalls mit ihm kämpfen, um ihre Freiheit wiederzuerlangen.

Ihr Hungergefühl, das sie morgens noch deutlich gespürt hatte, war verschwunden, wofür sie dankbar war. Um bei Kräften zu bleiben, legte sie sich wieder auf die Matratze, starrte auf die kleine, helle Ritze vor dem Fenster und entspannte sich.

Welch Wahnsinn die letzten Wochen doch gewesen waren! Da hatte sie die Vorbereitungen für ihren Selbstmord getroffen, weil sie keinen anderen Ausweg mehr sah und hatte dann den Plan gefasst, Claire umzubringen, um Hermann endlich die Chance auf ein Leben zu geben, die er mit seiner Mutter nie gehabt hätte. Aber da kommt ihr einer zuvor, der Claire aus dem Weg räumt. Sie recherchiert, hört von der Polizei, dass der Fall geklärt sei (Selbstmord), und kann's nicht glauben. Wenn sie doch zu dem Zeitpunkt aufgehört hätte, weiter nach einem Täter zu suchen, dann läge sie jetzt nicht hier in einem dunklen, stinkenden Raum! Aber Hintergründe zu verstehen war ja für ihren Beruf typisch und immer ein Motor gewesen, sich weiterhin mit Menschen und ihren Verwicklungen zu befassen.

Ein bisschen ärgerte sich Elsa, dass sie Tischer gegenüber einen Anflug von Verliebtheit gehabt hatte, wo er nur aus Kalkül so einfühlsam und freundlich zu ihr gewesen war. Und wegen dieses Typs (sie musste Tischer schnell abwerten, um sich nicht so dafür zu schämen, dass sie so naiv gewesen war) hatte sie sich mit Jan am Telefon gestritten. Dann hatte sie Jutta angerufen. Himmel, Jutta! Die wartete seit dem Morgen auf einen Anruf von ihr! Sicher machte sie sich Sorgen, aber was sollte Elsa schon machen?

Sie hatte vor Wochen in einem italienischen Restaurant ein Paar gesehen, das ein brikettgroßes Teil mit Antenne auf seinen Tisch gelegt hatte, offensichtlich ein mobiles Telefon. Die anderen Gäste hatten teils neugierig, teils amüsiert auf dieses Ding geschaut, das da zwischen Aschenbecher, kleiner Vase und Pizzatellern lag. Als dann das Ding klingelte und der Besitzer mit wichtiger Miene aus dem Lokal ging, folgten ihm doch einige bewundernde Blicke. Elsa hatte zu Hanna gesagt, das fehle ihr noch, immer so ein Riesenteil mit sich herumzuschleppen und immer erreichbar zu sein! Aber jetzt würde so ein Ding gute Dienste leisten.

Ob Jan sich noch einmal bei ihr gemeldet hatte, oder ob er noch schmollte? Eigentlich erstaunlich, dass sie ohne dieses bewusste Ziehen im Herzen an ihn denken konnte. Sie erinnerte sich, wie er vor ein paar Wochen eine lange Tirade über seine Frau bei ihr abgelassen hatte, wie er das in den letzten Jahren immer wieder mal getan hatte. Weil sie selbst so erschöpft war und schon innerlich auf dem Weg in ihre Freiheit, wie sie ihren geplanten Selbstmord zu nennen pflegte, hatte sie ganz lapidar hingeworfen: „Dann trenn dich doch, wenn's dir zu viel wird." Da hatte er sie mit schnellem Seitenblick angesehen und das gemacht, was sie von ihm kannte, wenn ihm etwas unangenehm im Gespräch war: Er hatte ein wenig an ihr vorbei gesehen und mit einem anderen Thema begonnen. Als sie jetzt an diese Szene dachte, meldete sich ein Anflug von Verachtung in ihr, weil er nicht imstande gewesen war, sich zwischen ihr und seiner Frau zu entscheiden.

Ja, wollte sie denn wirklich mit Jan leben? Eigentlich nicht, sie wollte nicht zurück in die Routine, das Gleichmaß, die Warterei, die Geberrolle, sie wollte stattdessen mal ungewöhnliche Wege gehen, etwas Neues ausprobieren und dabei Spaß haben. Unbelasteter an das Leben herangehen, mehr Humor entwickeln, mehr Bereitschaft, sich Unerwartetem zu öffnen. Mal was riskieren, mal nicht darauf gucken, was man zu tun oder zu lassen hatte. Sie wollte entdecken, ob sie mehr in sich hatte als eine rechtschaffene, verantwortungsvolle Therapeutin, treue Freundin und bereitwillige Geliebte.

„Wenn ich hier wieder rauskomme, probiere ich, mein Leben zu ändern. Eine Kur wäre schön, als Übergang zu etwas anderem, und vielleicht könnte mir jemand dabei helfen. Ach, lieber Gott, lass mich hier herauskommen, damit ich dir zeigen kann, dass ich es mit meinem Leben ernst meine!“

Sie sah, wie der alte Herr sie mit Interesse und leicht hochgezogenen Augenbrauen ansah. Dann schaute er in sein dickes Buch, hob wieder den Blick und lachte.

❖

Sie musste eingeschlafen sein. Ein lautes Fußgetrappel im Treppenhaus und Stimmen weckten sie und ließen sie abrupt nach oben schnellen. Dann hörte sie deutlich, dass an Tischers Tür geklingelt wurde, und kurze Zeit später hämmerten Fäuste dagegen. Dann die gebrüllte Aufforderung: „Tischer, machen Sie auf! Sie haben keine Chance, wir wissen Bescheid!“

So flink sie konnte, war Elsa auf den Beinen, tappte blind in die Richtung Ausgang und schlug ihrerseits mit den Fäusten an die Tür. „Hier bin ich!“ schrie sie, und ihre Stimme klang so jämmerlich, dass sie selbst erschrak. „Holen Sie mich hier raus, hier, nebenan!“

Sie hörte, dass sich Schritte näherten, und eine raue Stimme fragte: „Frau Martens, sind Sie das? Bitte gehen Sie zur Seite, wir versuchen, die Tür aufzubrechen!“

„Moment“, krächzte Elsa, drehte sich um die eigene Achse, nahm die Ritze, die gar nicht mehr so hell war, ins Visier und ging langsam auf sie zu.

In dem Augenblick hörte sie ein heftiges „Rrrumms“, das sie erschreckte. Doch die Tür gab nicht nach. Ein weiteres Kommando, wieder ein Knirschen und Brechen. Dann spürte sie einen Körper an sich vorbeifliegen, der Eimer schepperte mit dem ihr vertrauten Laut, als er umfiel, und sie hörte eine Männerstimme fluchen: „Scheiße!“

„Das kann nicht sein", sagte Elsa völlig aufgeräumt. Das Licht vom Flur traf sie jetzt so scharf, dass sie die Augen schützen musste und wieder nichts sah. Aber sie hörte, dass eine Stimme mit Autorität und Wärme sich einen Weg zu ihr bahnte, eine kräftige Hand umfasste ihre Schultern, und die Stimme des Notarztes fragte sie: „Können Sie selbst laufen, oder brauchen wir eine Trage?"

„Ich kann selbst gehen", murmelte Elsa und sank auf die Knie.

Aus ihrer horizontalen Lage konnte sie durch die Finger hindurch sehen, dass der ihr bekannte Rücken von Kommissar Wenzel in der Galerie stand. Neben ihm sah die Statue geradezu zwergenhaft klein aus. Als die Trage vor dem Fahrstuhl kurz abgestellt wurde, weil die Pfleger ihn erst holen mussten, hörte sie Juttas Stimme über sich, dann konnte sie blinzelnd ihr Gesicht über sich sehen und spürte Juttas Hand ihre Wange tätscheln.

„Alles klar, Elsa? Ich fahr mal mit, sonst springst du denen hier womöglich noch von der Trage. Dir ist ja schließlich alles zuzutrauen!"

„Ach, Jutta, aber nicht zuzumuten!" Müde und dankbar schloss Elsa die Augen.

Montag, den 20.08.1984

Wolf Brinkmann schaute mit Wohlgefallen auf seinen Schreibtisch. Piefe war vor einer Viertelstunde zu ihm gekommen und hatte ihm die Post gegeben. Wie zur Krönung der Briefabgabe hatte er dann ein Päckchen oben auf den Stapel gelegt und mit Interesse auf den Absender gestarrt.

„Heißen Dank, Herr Piefe, ganz reizend, wär doch nicht nötig gewesen, hätte ich mir doch selbst geholt." Brinkmann konnte so freundlich sein, weil er sofort erkannt hatte, dass das

Päckchen von Jóachim Tischer kam, für das er vor ein paar Tagen ein Bild vom Galeristen hatte kaufen müssen. 450 DM für diesen intensiven Blick einer dunklen Schönheit, das fand er reichlich übertrieben. Immerhin, der Maler war ein Italiener, vielleicht konnte er vor Freunden damit angeben, dass er sich auch für Kunst interessierte. Der Beweis hierfür stand zurzeit mit der Vorderseite gegen die Wand gelehnt hinter ihm neben dem Safe, den er hin und wieder für extravagante Entwürfe, die noch nicht spruchreif waren, benutzte.

Er betrachtete das Päckchen noch einmal genauer. Es sah so aus, als habe Claire es geöffnet, und irgendjemand (Jóachim?) hatte es neu gepackt, aber im Originalpapier gelassen. Mit ungeduldigen Fingern riss er es auf; die Pralinenschachtel mit den edelsten Brüsseler Spezialitäten für teuerstes Geld war unangetastet. Seine Briefe, die er mit einem grünen Bändchen zusammengebunden hatte, rutschten ihm entgegen und fielen auf den Boden.

Eine heiße Welle der Scham überrollte ihn. Hatte jemand außer Claire diese Briefe gelesen? Etwa ihr Ehemann? Dann hatte er keine Chance mehr, den Auftrag zu bekommen, die Baugrube am Hotel der Schulte-Freys für die Errichtung eines kleinen Cafés zu nutzen. Er war gerade bei seinem Freund und Partner im Büro gewesen, als der Anruf kam, und Stefan Wilcke hatte Herrn Schulte-Frey in höchsten Tönen vorgeschwärmt, dass sein Partner Wolf Brinkmann, der Spezialist für Anbauten, den besten Ruf genösse. Kein anderer würde so organische Übergänge von der bestehenden Bausubstanz zu einem neuen Teil planen und durchführen. Da die Firma zurzeit die Rezession deutlich zu spüren bekam, war jeder Auftrag von Bedeutung und konnte nicht aus persönlichen Gründen wie Vorlieben oder Abneigungen abgelehnt werden.

Er bückte sich und sammelte die auf dem Boden liegenden Briefe wieder ein. Dabei fiel ihm ein Brief ins Auge, der unter dem kleinen Stapel lag, dessen Handschrift Wolf nur vage bekannt vorkam, die er aber nicht einordnen konnte.

Er legte seine Liebesbriefe an Claire ordentlich zusammen und verstaute sie in der rechten Schublade. Er würde sich später überlegen, was er mit ihnen machen würde. Mit dem unbekannten Brief in der Hand ging er zum Fenster, atmete tief durch und las:

„Hallo Wolf,

hier bekommst Du Deine Liebesbriefe wieder. Keine Angst, ich habe sie nicht gelesen. Das wäre mir nur unangenehm gewesen, habe ich meine Schwester doch nie als jemanden angesehen, der liebenswert war, geschweige denn konnte (oder wollte!) ich mir Claire als Liebende vorstellen.

Als Du mich im Café Ferdinand so eindringlich um die Wiederbeschaffung Deiner Briefe batest, musste ich innerlich ja grinsen, denn ich war es, der Kurt auf Dich und Deine Fähigkeiten als Architekt aufmerksam gemacht hat. Er hatte mich gefragt, ob ich nicht jemanden wüsste, der seine Lieblingsidee, ein Café für die Laufkundschaft und die Übernachtungsgäste ans Hotel anzubauen, umsetzen könnte. Claires Idee vom Pool hatte er immer überflüssig gefunden, jetzt endlich kann Kurt seine eigenen Ideen und Interessen umsetzen. (Auch weil er jetzt das Geld dazu hat.) Mit anderen Worten: Ich wusste, warum du mich um den Gefallen batest; Du musst angenommen haben, dass ich die Bedeutung der Briefe in diesem Zusammenhang nicht verstehen würde. Wie Du siehst, habe ich das aber getan.

Ich bin jetzt erst mal weg. Sei gegrüßt, Kumpel!

Jo.“

Donnerstag, den 30.08.1984

Als Elsa die Praxis aufschloss, war ihr der Anblick zunächst ganz fremd, weil die Regale leer waren und daher dunkel aussahen. Mit den Akten auf den Borden hatte der Raum, der einmal Hannas Reich gewesen war, viel heller und freundlicher gewirkt. Morgen würde sie ihre Schlüssel an den Vermieter abgeben; der hatte, wie er ihr telefonisch verkündet hatte, schon einen neuen Mieter gefunden, einen Heilpraktiker, der bereit war, ihre Möbel zu übernehmen und ihr sogar eine kleine Ablösesumme von 600 DM zu zahlen.

Elsa ging in das Beratungszimmer. Sie wollte nachher nicht vergessen, das tapfere Usambaraveilchen mitzunehmen, das die pflegelose Zeit erstaunlicherweise überlebt hatte. Das musste man doch honorieren!

Sie wusste gar nicht, warum Hermann nun doch noch mal um einen Termin gebeten hatte, aber er war am Telefon so dringlich gewesen, wenn auch nicht in jämmerlicher Art, sondern eher selbstbewusst, ja fordernd. Vielleicht hatte ihm die eine Woche Urlaub mit Evelyn gutgetan. Schließlich hatte er ja auch eine ereignisreiche Zeit hinter sich: Seine Mutter war ermordet worden, und seinen Onkel hatte man auf dem Frankfurter Flughafen geschnappt, als er gerade einchecken wollte. Zwei wichtige Menschen in seinem Leben waren für ihn daher nicht mehr verfügbar. Elsa fragte sich, wie Kurt und Hermann nun miteinander auskamen, und ob sich die Beziehung zwischen den beiden verändert hatte. Oder war Hermann immer noch derjenige, der sich darum sorgte, was sein Vater gerade für Bedürfnisse hatte und wie er die erfüllen konnte? Hoffentlich nicht, sonst käme er vom Regen in die Traufe!

Es klingelte, und Elsa ließ Hermann ein. Sobald er ins Beratungszimmer trat, sah sie, dass er leicht gebräunt war und ausgesprochen attraktiv wirkte. Plötzlich konnte sie begreifen, was Evelyn an ihm fand, zumal sich auch seine Körperhaltung verändert hatte: Er ging irgendwie aufrechter, nicht mehr so geknickt wie früher.

Als er ihr gegenüber saß, war ihre erste Frage die, die sie Hermann in der letzten Zeit immer gestellt hatte: „Wer hat Sie gebracht? Evelyn?“

„Nein“, sagte Hermann erstaunt und mit einem kleinen Unterton von Empörung. „Wussten Sie das nicht, dass meine Phobie beinahe ganz verschwunden ist? Na ja“, sagte er versöhnlich, „wir haben uns ja auch lange nicht gesehen.“

„Zuletzt am 25. Juli, abends“, sagte Elsa, die vorher selbst nachgesehen hatte, um sich zu orientieren. „Am Abend der Beerdigung war ich noch bei Ihnen zu Hause. Aber seit wann können Sie sich denn wieder alleine durch die Welt bewegen? Ich bin ganz begeistert, dass Sie es geschafft haben!“

„Auch das weiß ich ganz genau. Das war an dem Samstag vor Mamis Geburtstag. Also vor dem Geburtstag meiner Mutter“, verbesserte er sich, und wie er da so saß, aufrecht, die Hände entspannt im Schoß, war diese Formulierung auch angemessener als sein kindliches „Mami“. „Ich war den Nachmittag über bei Evelyn, und als ich dann abends bei ihr aus der Tür trat, wusste ich: Heute kann ich alleine gehen. Ich sagte mir die Vorsatzformeln auf, und einmal, als ich merkte, wie mir beim Aussteigen aus dem Bus an der Hiltroper Kirche die Knie weich wurden, habe ich eine kurze Entspannung gemacht, danach ging es wieder. Aber zu Hause angekommen, hatte ich gar keine Gelegenheit, es meinen Eltern zu sagen, weil meine Mutter so empört war über mein spätes Nachhausekommen. Und da sie meinen Vater danach auch runtergeputzt hat, war das nicht die Atmosphäre, um meinen neuen Erfolg zu feiern. Wenn sie nun auch noch gewusst hätte, dass Evi und ich endlich … äh, was meine Mutter uns ja immer unterstellt hat, nämlich dass wir die Zeit miteinander im Bett verbringen, also wenn sie das gewusst hätte, wäre sie tot umgefallen. Einen Tag zu früh ...“, setzte er mit einer Grimasse hinzu, was Elsa erstaunlich fand, denn diese Art Humor kannte sie nicht an Hermann.

Dann habe ich seit der Zeit ja immer falsch an Hermann oder über ihn gedacht, schoss es Elsa durch den Kopf. Aber hatte das eine Bedeutung?

„Wusste das Ihr Onkel?“ fragte Elsa, und als sie Onkel sagte, kam ihr der Ausdruck ganz falsch vor, denn wenn sie an Jóachim Tischer dachte, war das Bild von ihm alles andere als onkelhaft. Eher sah sie ihn, wie er sie galant an der Tür empfangen hatte, ganz stolzer Galeriebesitzer, dann sah sie ihn vor ihrem geistigen Auge vor ihrem Sessel hocken, seine Augen auf gleicher Höhe mit den ihren. Und dann das stärkste Bild: Tischer als dunkle Silhouette in der Türöffnung.

„Na klar, ab da brauchte er mich doch nicht mehr zu bringen oder zu holen, was für ihn sicher auch eine Erleichterung war. Ich bin froh, es jetzt geschafft zu haben, dass ich alleine auf die Straße gehen und alleine Bus und Straßenbahn fahren kann. Denn Onkel Jo steht ja zurzeit nicht zur Verfügung. Aber ich kann ihn in der Krümmede an der Castroper Straße besuchen, einmal im Monat. Wissen Sie, dass er mir die Galerie vermacht hat und die Wohnung? Evi und ich überlegen, ob wir da einziehen sollen, aber vielleicht ist es noch ein bisschen früh. Mein Onkel hat mir einen wirklich lieben Brief hinterlassen, ich wusste gar nicht, dass er mich so sehr geschätzt hat. Tut aber gut. Und irgendwie tut er mir auch leid, nicht so sehr, dass er jetzt im Knast ist, das nur ein bisschen, aber dass er nicht zu seinem Freund nach Sao Paulo kommt, das tut mir weh. Wo ich doch nun weiß, wie das ist, wenn man liebt.“

Elsa hatte Mühe das Gehörte zu verstehen. Freund? Meinte Hermann Geliebter? Tischer war schwul? Wie hatte sie sich nur so sehr in ihm täuschen können! Aber warum auch nicht? Vermutlich hatte er viel Energie darein gelegt, seine Homosexualität zu verbergen. War da nicht gerade was mit einem General in der Bundeswehr, der wegen seiner Homosexualität entlassen werden sollte? Warum eigentlich? War doch nichts Schlimmes! Ach ja, Kießling hieß der Mann. Komisch, dass man dafür bestraft werden sollte, dass man liebt. Was hatte sie an Tischer so angezogen? Hauptsächlich seine Feinfühligkeit, seine Intelligenz und sein Interesse an ihren Gedanken. Na, Letzteres war ja wohl eher Kalkül.

Elsas Gedanken purzelten so wild durcheinander, dass sie Schwierigkeiten hatte Hermann zuzuhören oder gar etwas dazu zu sagen. Worüber sprach er eigentlich?

Sie zwang sich zuzuhören und nicht erkennen zu lassen, was gerade in ihr vorging. Darin war sie geübt, der Beruf verlangte bisweilen die Kunst, Eigenes zu trennen von dem, was den Patienten gerade bewegte. Aber man musste sozusagen in seiner Gedankenwelt mitgehen, um zu verstehen, welche Bedeutungen Gefühle, Bewertungen oder Schlussfolgerungen hatten.

„Als ich dann noch einmal zurückgelaufen bin, um ihr das Zeug in die Milch zu kippen, war ich ganz ruhig, denn ich wusste ja, dass mich keiner mehr im Haus erwartete, und sollte mich doch jemand per Zufall entdecken, hätte ich gesagt, dass ich für immer zurückgekommen bin. Clever, was?“

In Elsas Kopf spielte sich etwas ab, was einer Blindheit im Hirn entsprach: Sie mühte sich redlich zu verstehen, was Hermann von sich gegeben hatte, aber es klang nicht nach einer Sprache, sondern nach einem Bild mit Ton, das sie aber wie in einem Traum nicht entziffern konnte. Der Kiefer klappte ihr herunter, und sie stammelte: „Was, können Sie das noch einmal sagen?“

„Ich bin nach der Geburtstagsfeier noch einmal zurückgegangen, weil ich es nicht mehr aushalten konnte, dass meine Mutter mich behandelte wie einen Idioten. Ich hatte die Fingerhutblätter durch eine Knoblauchpresse gedrückt und in ein Fläschchen getan. Da brauchte ich nur ganz schnell den Inhalt in die Milch zu kippen, während sie im Bad war. Man kennt in einer Familie doch die Gepflogenheiten, die jeder hat, also war es leicht, einen Moment zu finden, in dem ich ungesehen in ihr Boudoir schlüpfen konnte. Ich bin dann zurück in den Flur und habe mich versteckt, bis sie im Bett war. Kurt war schon lange im Gästezimmer, den hatte der Geburtstag so angestrengt, weil er mal wieder vor den Gästen gedemütigt worden war, dass er am liebsten rausgegangen wäre, wie er es sonst macht. Aber er wollte meine Mutter nicht bloßstellen, also blieb er da und litt. Nach ungefähr einer Stunde waren die Geräusche aus dem Schlafzimmer meiner Mutter verstummt, da bin ich rein und habe das Glas an mich genommen. Ich habe es auf dem Rückweg zum Lohring in einen Papierkorb an der Straßenbahnhaltestelle geworfen."

„Und warum hat dann Tischer, ich meine Ihr Onkel, warum hat der mich umbringen wollen? Und gefangen gehalten? Ich versteh im Augenblick gar nichts."

„Na, um meinetwillen! Er hat sofort geahnt, dass ich meine Mutter umgebracht habe, und hat blitzschnell reagiert: Er hatte am Vortag die Selbstmorddrohung meiner Mutter oder besser gesagt den Brief, mit dem sie mich erpressen wollte, an sich genommen, und als er nun zu Recht annahm, dass ich derjenige war, welcher, da hat er den Brief wieder in Mutters Schreibblock gelegt. So schloss die Polizei, dass meine Mutter sich selbst umgebracht hatte. Aber Sie haben das nicht geglaubt und weiter gefragt und gebohrt und Zweifel geäußert, da wollte Onkel Jo mir einen Gefallen tun, damit ich nicht letzten Endes doch noch von Ihnen verraten werde. Aber ich habe ihm immer gesagt: Die Frau Martens, die sagt nichts über mich, auch nicht bei der Polizei, die hat doch Schweigepflicht. Stimmt doch so, nicht?"

„Ja, aber … Hermann, ich kann es gar nicht fassen! Ich habe Sie ja ganz falsch eingeschätzt! Sie haben mich doch an dem Montagmorgen, als Ihr Vater Ihre Mutter tot im Bett gefunden hat, ganz panisch angerufen! War das alles geschauspielert?"

„Eigentlich nicht", sagte Hermann ganz ruhig. „Ich hatte meine Mutter in der Nacht, als ich das Glas aus ihrem Zimmer holte, ja nicht sehen können, aber als Papa mich am nächsten

Morgen rief und ich zu ihm ging, war ich selbst entsetzt über ihr Aussehen. Das war nicht mehr meine Mutter. Einfach furchtbar sah sie aus.“ Hermann schüttelte sich und blickte Elsa dann direkt an. „Ich bin daher gekommen, um mich bei Ihnen zu bedanken. Sie haben mir wirklich geholfen, nicht nur mit der Phobie. Da kenne ich nun einige Techniken, mit denen ich mich beruhigen kann. Am meisten danke ich Ihnen dafür, dass Sie mir beigebracht haben, mein Recht auf Selbstbestimmung wahrzunehmen und mir nicht alles gefallen zu lassen. Ihre Einschätzung hat schon gestimmt: Wäre die Polizei auf mich als Täter gekommen, hätte ich mich nicht gewehrt. Onkel Jo hat mir das erzählt, dass Sie diese Sorge um mich hatten. Mit einem Unterschied: Ich war wirklich derjenige, der die Tat begangen hat.“

Hermann stand auf, und wie in Trance erhob sich auch Elsa. Sie bemerkte zum ersten Mal, dass Hermann sie um Kopfeslänge überragte. War er in der letzten Zeit gewachsen, oder ging er jetzt nur gerade?

Hermann streckte ihr die Hand hin und sagte: „Also, noch einmal vielen Dank. Ich wünsche Ihnen alles Gute, machen Sie es gut in Kiel. War doch Kiel, nicht?“ Souverän wie ein Talkmaster. Dann drehte er sich um und verließ das Beratungszimmer. Elsa stand starr in der Mitte des Raumes. Als sie merkte, dass ihre Knie nachgaben, setzte sie sich schnell in ihren Sessel und atmete tief durch. Sie blieb dort eine Stunde sitzen, dann stand sie auf und ging zum Telefon.

„Hier Elsa Martens. Bitte verbinden Sie mich mit Herrn Wenzel. Es ist dringend, es geht um den Mordfall Claire Schulte-Frey.“

Nach dem Telefonat nahm sie das Usambaraveilchen von der Fensterbank. Kein Grund, nicht zu retten, was zu retten war!

Freitag, den 31.08.1984, mittags

„Wie hast du das hingekriegt, den Wenzel davon zu überzeugen, dass Jóachim Tischer mich gekidnappt hatte? Bei Vermisstenanzeigen heißt es doch immer, dass ein erwachsener Mensch selbst entscheiden kann, ob er ohne etwas zu sagen für sechs Wochen auf die Bahamas fliegt oder eine Weltumseglung macht."

Elsa saß bei Jutta am Küchentisch und sortierte die Bestecke mal nach Größe und mal nach Zusammengehörigkeit, um danach alle Teile wieder auseinanderzunehmen. Jutta werkelte am Herd mit ihren schnellen kleinen Händen, und es roch schon köstlich aus der Bratröhre. Elsa hatte zwar bei der Vorbereitung des Gerichtes zugesehen, aber sie war so mit ihren eigenen Gedanken beschäftigt gewesen, dass sie nicht hätte sagen könnte, was es zu essen gab.

„Ich hatte ja genügend Zeit, darüber nachzudenken, was du mir über diese Schulte-Frey-Sache alles erzählt hast. Und dann hast du mir versprochen, mich am Samstagmorgen anzurufen, und das versäumst du nie ohne Not. Da wurde mir klar, dass der Tischer in einer unguten Art in die Sache involviert ist und dass er nicht dein Retter sein kann. Nachdem ich erst einmal Tischer als Täter definiert hatte, passten die anderen Puzzleteile auch zusammen. Das habe ich dem Wenzel so erklärt. Mir war so, als hätte der geradezu darauf gewartet, dass neue Informationen im Fall Schulte-Frey kommen. Er hat mir sofort geglaubt. Daraufhin wurde ein Richtmikrofon aus dem Büro unter Tischers Wohnung bis vor sein Fenster installiert, und die Polizei konnte hören, wie Tischer mit seinem Freund in Sao Paulo telefonierte und auch davon sprach, dass du schon von irgendjemandem gerettet würdest, wenn die neue Woche wieder anfinge. Der Wenzel raucht zwar ein fürchterliches Kraut, aber er hört gut zu und ist entscheidungsfreudig. Sein Kollege, der Harms, hat dann alles in die Wege geleitet, was notwendig war: Wohnungsdurchsuchung, deine Befreiung und schließlich die Fahndung nach Tischer, wobei klar war, dass er nur von Frankfurt aus würde fliegen können, weil es von Düsseldorf aus keinen Direktflug gibt."

Jutta schaute in den Ofen, zog einen dicken Handschuh über und zog eine Kasserolle nach vorne. Ein Blick auf das schmurgelnde Hühnerfleisch sagte ihr, dass die Bratzeit vorbei war. Sie drehte den Knopf für den Backofen aus; die Backofentür ließ sie offen.

Mit leicht gerötetem Gesicht ließ sie sich auf einem Stuhl gegenüber von Elsa nieder und sagte: „Wir haben uns aber beide in derselben Art geirrt: Tischer hat eben nicht seine Schwester umgebracht, sondern Herrmann seine Mutter. Da wäre ich im Leben nicht draufgekommen. Und dass Tischer sich an dir vergriffen hat, konnte nur deshalb sein, weil sein Motiv so stark war: Er wollte unbedingt Hermanns Verbrechen decken. Von dem, was du mir vorhin über Hermanns Geständnis erzählt hast, könnte ich mir sogar vorstellen, dass Claire von der Homosexualität ihres Bruders wusste und das nicht guthieß, wie sie es sicher auch ihrem Bruder gegenüber nicht verschwiegen hat. Vielleicht hat sie ihn ja auch mit ihrem Wissen erpresst? Wenn ja, dann hat Hermann mit dem Mord auch ihm einen Gefallen getan. Ob Karl übrigens wusste, dass sein Schwager schwul war?"

„Keine Ahnung, ist ja auch egal, oder? Aber etwas anderes macht mich ganz kirre: Hermann hat sich die Legitimation für den Mord an seiner Mutter aus meinen Worten gezogen! Offensichtlich war ich so missverständlich, dass er geglaubt hat, ich fordere ihn auf, seine Mutter umzubringen. Und dass ich auch so dumm war, so blind, nicht zu sehen, was da abging: dass Tischer schwul ist, hätte ich doch merken müssen, und ich verliebte Kuh dachte, er meint mich. Peinlich! Und Hermann als Verdächtigen ganz außen vor zu lassen, nur weil ich nicht wollte, dass er verdächtig ist! Ich schäme mich grässlich, und das

Schrecklichste ist, dass ich meinte, schlauer als alle anderen zu sein, schlauer als die Polizei."

Elsa hatte jetzt Tränen in den Augen und schüttelte mit Blick auf den Küchentisch vor ihr unentwegt den Kopf.

„Hör auf damit", sagte Jutta energisch. „Was Hermann aus der Beratung bei dir gezogen hat, ist das, was er hören wollte. Du hast ihn doch nicht bewusst aufgefordert, sich seiner Mutter zu entledigen! Und dass du dich in Tischer verguckt hast, ist doch nichts Verbotenes! Du kannst dich doch verlieben, in wen du willst, nur, weil er schwul ist, ist er doch nicht unattraktiv. Hast du mir nicht selbst von seinen liebenswerten Seiten erzählt? Erinnere dich an unser Telefonat, bevor du zu ihm gegangen bist! Du hast über Jan geflucht und Tischer als tollen Mann beschrieben."

Elsa guckte mit tränenumflortem Blick hoch, der sich im Bochumer Himmel verlor, der wie so häufig eine geschlossene, graue Decke war. Dabei war es nicht kalt, nur so ein typisches Schmuddelwetter.

„Jutta, ich bin doch nicht einen Deut besser als Hermann oder Tischer! Durch meine Absicht, Claire zu ermorden, bin ich doch genauso schuldig wie die beiden, oder? Ich bin ja nur durch Zufall nicht zur Mörderin geworden, weil Hermann mir zuvorgekommen ist! Und dann habe ich auch noch die Schweigepflicht gebrochen und durch meinen Anruf bei Wenzel dafür gesorgt, dass Hermann nun nicht in sein neues Leben ohne die demoralisierende Claire geht, sondern dass er im Knast sitzt. Evelyn verbringt nun die Zeit bei den Besuchen nicht im Bett mit ihm, sondern sie sitzt auf einem harten Stuhl im Besucherzimmer."

„Elsa, erinnere dich! Du warst in einer Ausnahmesituation, weil du dich selbst umbringen wolltest. Und dann hast du noch eine letzte gute Tat für Hermann tun wollen, dein Motiv war also anständig. Du wollest das nicht für dich, sondern für Hermann."

„Tischer wollte mich auch nicht um seinetwillen umbringen, sondern auch für Hermann! Sprichst du da auch von einem edlen Motiv? Man kann doch nicht mit zwei Ellen messen."

„Aber der war schon Herr seiner Sinne. Schließlich hat er dich dann doch leben lassen, nachdem sein Plan gescheitert ist, dich auf der Treppe zu strangulieren. Wenn er es partout gewollt hätte, wäre für ihn immer noch die Möglichkeit da gewesen, dich umzubringen. Wenigstens das hat er nicht gemacht, und ich bin ihm dafür sehr dankbar."

Jutta grinste Elsa an, die nun ihrerseits ein vorsichtiges Lächeln probierte.

„Ich habe mir überlegt, dass ich eine Pause machen muss, dass ich Zeit brauche, um mir zu überlegen, wie mein Leben weitergehen soll. Die Praxisräume sind gekündigt, da ist ab morgen ein Heilpraktiker drin. Dahin kann ich nicht einfach zurück, und das ist auch gut so. Weißt du, ich komme mir vor, als ob ich eine schwere Krankheit hinter mir hätte, die mich ganz schön geschwächt hat."

„Das ist, glaube ich, sogar konkret so gewesen: Ich dachte immer, dass du eine Depression hast. Das habe ich dir auch mal gesagt, aber ich konnte nicht zu dir durchdringen. Mach eine psychosomatische Kur, damit du dich wiederfindest und dich neu orientieren kannst. Das ganze Geschehen hatte nur ein Gutes: Du willst dich nicht mehr umbringen! Ich sag ja immer: Das Leben ist die beste Therapie. In deinem Fall stimmt's. Aber Erholung brauchst du schon noch nach diesem letzten halben Jahr."

Als Elsa vor ihrem Hähnchen saß und mit großem Appetit ein leckeres Hühnerbein aß, sagte sie plötzlich: „Weißt du, was der Tischer bewirkt hat? Dass ich wieder Lust habe zu leben! Da muss ich ihm doch direkt dankbar sein. Ob ich ihn mal im Knast besuche? Na, muss ich ja nicht heute entscheiden. Wie sagt Scarlett O'Hara? Morgen ist auch noch ein Tag."

Eine Zeitlang waren sie mit ihrem Essen und ihren Gedanken beschäftigt, bis Elsa plötzlich rief: „Nein! Das stimmt einfach nicht! Nein, nein, ich sag's dir!"

„Was stimmt nicht?" fragte Jutta betont ruhig. Sie wusste: jetzt bloß nicht in dieselbe stürmische Richtung gehen wie die Freundin, das würde nur Konfusion geben.

„Es passt nicht zu Hermann, dass er seine Mutter umbringt. Himmel, was bin ich für ein Trottel! Das hat der sich nicht alleine ausgedacht, die Idee stammt von Evelyn. Ich bin mir so sicher! Das kann ich mir richtig vorstellen: Die beiden liegen nach einem vergnügten Beischlaf im Bett, da sagt Hermann ihr, dass er zum Geburtstag seiner Mutter nach Hause zurückgeht. Evelyn kriegt Panik, dass Hermann sich dann wieder zu dem ängstlichen Kind zurückentwickelt, das er mal war. Sie beschwört Hermann, ihn nur lieben zu können, wenn er diese Mutter umbringt! Und dann zählt sie all die Demütigungen auf, die sie von Hermann gehört hat. Er, mit neuer Manneskraft, der ersten großen Liebe im Herzen und der Fähigkeit, sich wieder allein durch die Welt zu bewegen, glaubt ihr, dass er ohne Mutter besser dran ist. Evelyn gibt ihm das Fläschchen mit dem Fingerhutsaft. Ein Mann kommt doch gar nicht auf eine Knoblauchpresse für diesen Zweck! Aber als ich vorhin gesehen habe, wie du den Knoblauch durchgedrückt hast, da habe ich mich, ohne nachzudenken, erinnert, wo ich zum letzten Mal etwas von einer Knoblauchpresse gehört habe. Hermann war das, na klar. Ich habe immer gesagt: Ich traue es Hermann nicht zu, seine Mutter umzubringen. Ich dachte immer, dazu ist er zu abhängig von ihr. Aber auf eine ganz bekloppte Art stimmte dieser Satz doch, weil er nämlich jetzt in einer anderen Abhängigkeit war. In der von Evelyn! Nur so konnte er sich von seiner Mutter befreien, und das hat er auch getan. Gewissermaßen mit neuer Identität, nämlich der von Evelyn induzierten."

Elsa schaute Jutta mit blitzenden Augen und leicht triumphierend an. Die wiegte bedächtig den Kopf und meinte dann:

„Kann schon sein, aber wie willst du das beweisen? Und: Wenn du es beweisen könntest, was würde das bringen?“

„Hermann würde weniger hart bestraft werden.“

„Sag mir doch, Elsa, wie kommt es, dass du eigentlich immer noch damit beschäftigt bist, für Hermann das Beste rauszuholen? Was hat er mit dir gemacht, dass du dich immer noch um ihn kümmerst, auch wenn er gar nicht mehr in deinem Einflussbereich ist? Was hat er getan oder gesagt?“

„Wer ist hier nun die Amateurdetektivin, du oder ich? Du hast ja so recht. Aber stell dir das mal vor: da lerne ich einen jungen Mann kennen, liebenswert, aber unselbständig gehalten wie ein Tier im Käfig. Ich bringe ihm was bei, um seinen Käfig verlassen zu können. Und das tut er auch! Ich war darüber wirklich froh, als ich hörte, dass er sich wieder selbständig und allein bewegen konnte! Aber dann frisst er ein anderes Tier und wird dafür wieder in einen Käfig gesteckt, in den Knast nämlich. Und da ich ihn die ganze Zeit über begleitet habe, lässt mich dieses Schicksal eben nicht kalt.“

„Und hat er mal was gesagt zu dir, was dich auch nicht kalt gelassen hat?“ fragte Jutta ein bisschen misstrauisch.

Elsa richtete den Blick konzentriert auf ihren Teller, als habe sie dort gerade einen besonders reizvollen Bissen entdeckt und nuschelte: „‚Ich hätte Sie gerne als meine Mutter gehabt.‘“

„Ich habe nichts verstanden, sag’s noch einmal.“

„‚Ich hätte Sie gerne als meine Mutter gehabt.‘ Das hat er gesagt.“ Und trotzig schaute Elsa in Juttas Gesicht, die ihre Augenbrauen hochzog und in schallendes Gelächter ausbrach.

Dann sagte sie, nachdem sie sich mit Mühe wieder gefasst hatte: „Ach so, es ging um Liebe!“

Samstag, den 1.09.1984, abends

Bevor Elsa sich auf den Weg ins Kino machte, durchforstete sie Unterlagen, welche psychosomatische Klinik in welchem Teil Deutschlands ihr zusagen würde, und stieß dabei auch auf das Rheingau, das ihr wegen des hügeligen Landes sehr gefiel. Eigentlich schade, dass man nicht auch in der DDR eine Kur machen kann, zum Beispiel in Thüringen, dachte sie, als sie die dicke Broschüre mit den Kliniken und Kurhäusern wieder in den Schrank und den Atlas ins Regal zurückräumte. Es hätte sie schon interessiert, einen Monat in Thüringen oder Sachsen zu verbringen, aber das ging ja nun mal leider nicht.

Als Elsa das Cinema im Uni-Center verließ, wo sie sich mit viel Vergnügen und zum dritten Mal „Casablanca“ angesehen hatte, war es schon spät. Jetzt war sie müde und freute sich, am nächsten Tag ausschlafen zu können und einen Spaziergang durchs Lottental zu machen. Wenn die Sonne noch einmal herauskommen sollte, würde sie sich auf den Balkon setzen und dort ihren Umberto Eco weiterlesen, der sie faszinierte. „Der Name der Rose“ erinnerte sie an das Kloster Eberbach, das sie einmal besucht hatte, so dass sie sich die Handlung sehr gut in dem alten Gemäuer vorstellen konnte.

Elsa machte sich auf den Weg nach Hause und bog in die Haarstraße ein, die um diese Uhrzeit im Allgemeinen kaum noch befahren wurde. Umso mehr wunderte sie sich, dass hinter ihr ein Scheinwerferpaar im Rückspiegel sichtbar war und auch blieb, als sie mit ihrem R 8 auf den Hof fuhr. Wer sollte das sein? Jan? Er hatte sich seit ihrem Telefonat vor ihrem Besuch bei Tischer nicht mehr gemeldet, und sie hatte auch keine Lust gehabt, mit ihm Kontakt aufzunehmen. Zu viele Veränderungen waren in ihr vorgegangen, als dass sie ihn daran noch hätte teilhaben lassen wollen.

Jutta? Die hätte sie nie auf diese Art verfolgt, denn sie hätte gewusst, dass Elsa irritiert wäre. War es vielleicht jemand, von dem sie befürchtete, er könne ihr auflauern, weswegen sie vorsichtshalber schon Vorkehrungen getroffen hatte?

Elsa konnte wegen der Dunkelheit, die sofort eintrat, als auch im zweiten Auto das Scheinwerferlicht ausgeschaltet wurde, nichts sehen und blieb daher erst einmal neben ihrem Auto stehen. Sie spürte mehr als dass sie es sah, dass eine Person ausstieg und sich ihr näherte. Elsa wurde kalt, nicht wegen der abendlichen Frische, sondern weil sie die Situation an den Freitagabend in Tischers Treppenhaus erinnerte. Ihre Hand wanderte unbewusst zu ihrer Kehle, als müsse sie die besonders schützen.

„Guten Abend, Frau Martens“, sagte eine klare, junge Stimme. „Ich bin gekommen, um mich an Ihnen zu rächen. Sie haben mir Hermann weggenommen, weil Sie ihn angezeigt haben, und dafür werden Sie büßen.“

Schon beim ersten Wort hatte Elsa erkannt, wer da vor ihr stand. Ihre Hand sank von ihrer Kehle hinab, sie umfasste fest ihren Wohnungsschlüssel.

„Ach Evelyn, Sie sind’s. Am besten ist es, Sie kommen mit mir ins Haus.“ Zu ihrem eigenen Erstaunen hatte sie keine Angst, wenngleich sie auch noch nicht wusste, womit ihr Evelyn drohte. Wollte die sie auch erwürgen? Bitte nicht, sofort tat Elsa bei diesem Gedanken die Kehle weh, und sie musste schlucken.

„Nach Ihnen, Frau Martens. Und seien Sie sicher, die Pistole ist auf Ihren Rücken gerichtet. Voran!“

Elsa schloss etwas umständlich die Haustür auf und ging langsam, ohne überflüssige Bewegungen, die Treppe hinauf. Wo sollen wir uns nur hinsetzen, dachte sie. Das Sofa und der Sessel sind doch nicht mehr da. Am besten an den Esstisch. Es half ihr, sich mit diesen Gedanken zu beschäftigen, um keine Angst aufkommen zu lassen. Ich behandele sie wie einen Besuch, den ich respektiere, dachte Elsa, als sie die Hand nach dem Lichtschalter in ihrem Flur ausstreckte. Von hier aus ging sie sofort weiter ins Wohnzimmer, wo Evelyn sich kurz umsah und in einem völlig natürlichen Tonfall fragte: „Wo sind Ihre Möbel?“ Dabei hielt sie eine kleine, blanke Pistole starr auf Elsa gerichtet.

„Habe ich verschenkt. Evelyn, ich kann mir vorstellen, dass Sie von mir schwer enttäuscht sind. Mit Hermanns, ich nenne es mal Befreiung von seiner Mutter, so hatten Sie gedacht, wäre jetzt alles paletti für Sie beide, nicht?“

Elsa ließ sich langsam auf den Esszimmerstuhl gegenüber der Tür nieder. Unaufgefordert setzte sich auch Evelyn, die entgegnete: „Nun hören Sie bloß mit diesem Psychoschmus auf! Ich bin nicht Ihre Patientin und werde es auch nie sein.“

Elsa dachte blitzschnell: Warum hat sie mich nicht gleich im Hof erschossen? Offensichtlich will sie noch etwas loswerden oder von mir erfahren, sonst wäre sie doch gar nicht mehr mit hochgekommen. Hoffentlich ist der Wenzel schon im Hof, wenn ich Evelyn ein bisschen hinhalte, kann es klappen, dass er rechtzeitig da ist. Sie hatte an der Haustür beim Aufschließen den kleinen Haken nach unten gedrückt, so dass die Haustür von außen leicht zu öffnen war.

„Sie haben gewusst, dass der Plan, Hermanns Mutter zu beseitigen, von mir stammte, nicht?“

„Ja, ich fand die Idee, Fingerhut durch die Knoblauchpresse zu jagen, ausgesprochen originell. Und wie ich Hermann kennengelernt habe, war das nicht seine Idee.“

„Man muss die Blätter kurz aufbrühen“, gab Evelyn kundig Auskunft, in einem Ton, als sprächen sie beide über ihre Lieblingstees. „Haben Sie der Polizei gesagt, dass Sie mich als Urheberin der Idee verdächtigen?“

Darum ging es Evelyn also: Sie wollte wissen, ob auch sie verhaftet werden würde.

„Nein“, sagte Elsa wahrheitsgemäß, „das habe ich nicht. Ich hätte Sie nämlich ganz anders eingeschätzt. Bei Hermann habe ich mich ja auch geirrt. Vermutlich bin ich doch eine schlechte Psychologin."

„Wie hätten Sie mich denn eingeschätzt?"

Da war sie wieder, die altbekannte Erfahrung, die Elsa hundertfach in der Praxis erlebt hatte: Junge Menschen wollten Rückmeldung über ihre Wirkung nach außen haben, um sie mit ihrer Selbsteinschätzung vergleichen zu können. Später im Leben war diese Information nicht mehr so wichtig, weil die Leute sich besser einzuschätzen verstanden oder sie so gefestigt waren, dass es ihnen egal war, was andere Menschen über sie dachten.

„Ich fand Sie, vielleicht auch im Gegensatz zu Hermann, mit dem ich Sie immer zusammen erlebt habe, eher selbstbewusst und geradeaus. Sie wussten, was Sie wollten und würden keine unlauteren Mittel dafür einsetzen, um es zu bekommen. Dachte ich. Und ich kann auch nicht verhehlen: Ich finde Sie außerordentlich hübsch und habe verstanden, warum sich Hermann in Sie verliebt hat."

Evelyns Gesicht färbte sich leicht rosa, was sie umso attraktiver machte. Wusste sie das?

Elsa spürte ihren Hausschlüssel in der rechten Hand. Das glatte und inzwischen warme Metall tröstete sie auf eine unerklärliche Weise, so wie sie manchmal ihre Zigarette nicht anzündete, sondern nur das Gefühl zwischen ihren Fingern genoss. Alles Konditionierung!

„Aber davon habe ich nichts, wenn Hermann für lange Zeit weggeschlossen wird. Kann der nicht aufgrund eines psychiatrischen Gutachtens ..., wenn er belegt, dass er bei Ihnen in Therapie war, könnte man da nicht auf eine seelische Ausnahmesituation spekulieren? Dann muss er wenigstens nicht ins Gefängnis, sondern wird in einer psychiatrischen Klinik untergebracht."

In diesem Augenblick hörte Elsa das leise Klicken, das der Haken machte, wenn man die Haustür öffnete und wieder ins

Schloss drückte. Sie kannte das Geräusch von den Momenten, in denen Jan zu ihr zu Besuch kam: Wenn sie wusste, dass er im Anmarsch war, pflegte sie die Tür nicht vor ihm zu verschließen.

Jetzt kam es darauf an, Evelyn abzulenken, damit sie von Wenzels Herannahen nichts mitbekam.

„Allerdings habe ich auch gedacht, dass Sie sich um Hermann bemüht haben, weil Sie darauf gehofft haben, sich einen reichen Erben zu angeln“, begann Elsa ihre Provokation. Nichts brachte Menschen so um ihre Konzentration wie Angst oder Ärger. Um Evelyn Angst zu machen, die mit einer kleinen Pistole vor ihr saß, fehlten Elsa im Augenblick die Mittel, aber Ärger konnte sie schon hervorrufen.

„Was? Sind Sie bekloppt? Das stimmt überhaupt nicht! Das hat Hermanns Mutter auch immer gesagt, dass ich eine Art Mitgiftjägerin bin. Wie gemein! Sie sind nicht besser als diese Schulte-Frey! Sie haben Ihren Tod verdient!“

Plötzlich wurde die Tür aufgestoßen, und was jetzt passierte, ging so schnell, dass Elsa erst viel später die Abläufe rekonstruieren konnte: Harms griff Evelyn an der Schulter, um sie herumzureißen, was diese aber dazu nutzte, um zweimal abzudrücken. Beim ersten Mal schoss sie in den Fernseher, dessen gewölbte Oberfläche mit lautem Knall in sich zusammenfiel. Der zweite Schuss traf Harms in den linken Arm, so dass er nach hinten geschleudert wurde und gegen Wenzel stieß, der hinter ihm im Flur stand. Das war der Moment, in dem Elsa ihre ganze Konzentration auf ihren Schlüsselbund legte: Sie sprang auf und knallte ihn gegen Evelyns Hinterkopf, die daraufhin mit einem leichten Seufzer die Pistole scheppernd zu Boden fallenließ und in sich zusammensackte. Dann rutschte sie in Zeitlupe vom Stuhl, der verletzte Harms beugte sich über sie, und Wenzel telefonierte schon von ihrem Apparat aus mit dem Notdienst.

Als Elsa die Zeit wieder in ihrer wirklichen Geschwindigkeit wahrnahm, sagte sie zu Wenzel: „Ich habe selten so dringlich auf einen Menschen gewartet wie auf Sie! Aber ich bin froh, dass Sie überhaupt gekommen sind, und vor allem, dass Sie meiner Vermutung geglaubt haben, dass Evelyn mir auflauern würde.“

„Aber ja doch, Frau Martens, Ihre Wahrnehmungen und Interpretationen habe ich immer ernst genommen! Sie sind doch die Psychologin. Und offensichtlich eine gute, sonst wäre nicht alles so abgelaufen, wie Sie geahnt haben. Hut ab! Wollen Sie nicht bei der Polizei anfangen? Wir haben nämlich ab dem 1. November eine Stelle frei.“

Das sagte er in aller Gemütsruhe, während er die Kugel, die glatt durch Harms’ Arm durchgeschlagen war, aus der Wand puhlte und in eine Klarsichtfolie fallenließ, die Pistole einsammelte, nachdem er sich einen weißen Handschuh übergezogen hatte, und sich die Handschellen vom Gürtel nestelte, um Evelyns Hände hinter ihrem Rücken zu fesseln. Danach legte er sie in eine stabile Seitenlage. Das ging alles so normal und selbstverständlich vor sich, als ordnete ein Bäcker seine Brote auf den Regalen oder als bände eine Floristin mit Bedacht einen bunten Strauß. Völlig unspektakulär! Und das nach dieser Aufregung.

„Ich weiß nicht“, sagte Elsa und wunderte sich, dass ihre Stimme so zittrig klang. „Ich muss das überlegen. Eigentlich wollte ich eine Kur machen, aber vielleicht kann ich ...“ Sie verstummte, überwältigt von den vielen Gedankenfetzen und Bildern, die ihr durch den Kopf jagten.

❖

Jahre später begriff Elsa, dass es diese Ruhe und Übersicht gewesen waren, die ihr bei Wenzel und Harms so imponiert hatten. Hauptsächlich deshalb hatte sie sich für den Dienst bei der Polizei entscheiden können. Und mit dem alten Herrn auf der

Wolke hatte sie ein Abkommen: „Ich mach's so gut ich kann und du auch."

Elftes Treffen der drei Freundinnen

„Was hast du da?“ fragt Judith sofort an der Tür und versucht zu sehen, was Dagmar hinter dem Rücken versteckt. „Hast du mir etwa ein so großes Geschenk mitgebracht? Das sollst du doch nicht! Was willst du mir sonst zum Geburtstag oder zu Weihnachten schenken?“

„Es ist gar kein Geschenk für dich, meine Liebe, reg dich ab. Ist Bella schon da?“

„Die zappelt schon seit zehn Minuten mit den Beinen, weil sie so aufgeregt ist. Sie will dir doch was zum Ende des Krimis sagen. Also komm rein, bevor Bella den Teppich mit ihren Hacken durchgescheuert hat!“

Dagmar geht ins Wohnzimmer, wo der Couchtisch schon höchst geschmackvoll mit einer Kuchenplatte und einer großen Teekanne gedeckt ist. Diesmal gibt es das blaue Geschirr, das Dagmar am liebsten hat, passt es doch zu der Tischdecke, die sie für Judith zu ihrem sechzigsten Geburtstag gestickt hat.

Bella springt auf, als sie Dagmar sieht und sprudelt los: „Das hätte ich von dir ja nicht gedacht! Dass ich dich zu einer Figur wie Evelyn animiere! Bin ich in deinen Augen auch so hinterhältig?“

„Nein, gar nicht, aber so emotional! Das ist doch eher liebenswert. Lass mich erst mal sitzen, bevor du mich jetzt weiter attackierst!“

Bella und Dagmar lassen sich auf den Sesseln nieder, Judith schenkt Tee ein und sagt zu Bella: „Hast du gesehen, dass Daggi heute ein Päckchen mitgebracht hat? Ob da die ersten Druckexemplare vom Krimi drin sind? Ach nee, ist zu schmal“, sagt sie nach einem Blick auf das in Packpapier geschnürte Bündel.

„Daggi, das halt ich nicht aus! Sag sofort, was das ist, oder ich reiß es selbst auf! Geduld ist nicht meine Stärke, wie du weißt!“ Bella macht einen spielerischen Griff zum Päckchen, aber Dagmar schnappt es vor ihr und reißt in einem Schwung das Papier ab. Zum Vorschein kommt die Rückseite eines Bildes, leicht angeschmuddelt; die kleinen Nägel, die die Leinwand an den Rahmen heften, sind schon verrostet.

Sie dreht es langsam um und fragt: „Na, was ist das? Kennt ihr das?"

„,Die Wahrheit'!" brüllt Bella, und auch Judith ist ein bisschen auf ihrem Sessel hochgehüpft, ob aus Überraschung über das Bild oder weil Bellas Schrei sie so erschreckt hat, ist nicht auszumachen. „Wo hast du das her?"

„Vom Flohmarkt. Ganz prosaisch. Das habe ich vor Jahren mal in Dortmund erstanden, da ist in Wambel dienstags immer ein Flohmarkt. Nichts Besonderes, aber manchmal kann man ein paar Raritäten ergattern. Ich habe das schon ganz lange bei mir stehen und wusste nicht, was ich damit tun soll. Eines Abends gucke ich mir das Bild an und lasse das Gesicht wieder hin- und herspringen. Guckt, hier sind die schwarzen Haarsträhnen, die auch zu Schlangen werden können, und diese Linien im Gesicht, die sehen doch wie Würmer aus, wenn man das Bild unter dem anderen Blickwinkel betrachtet."

„Igitt, ja", sagt Bella und zieht ihren Mund angewidert nach unten.

„Lass es doch umspringen, und sieh dir die schöne Version an", sagt Judith aufmunternd zu ihr.

„Das ist ja direkt eine Lebensmaxime", brummelt Bella und wendet sich an Dagmar. „Hast du das etwa ausdrücken wollen? Dass es immer die zwei Seiten gibt? Dann müsste Claire ja auch die gute, die schöne Seite haben. Hab ich aber nicht entdeckt."

„Aber Kurt kennt sie, darum hat er auch bis zu ihrem Ende zu ihr gehalten, auch wenn sie ihn gepiesackt hat. Er spricht von ihrer Fürsorglichkeit, die er an ihr so geschätzt hat, erinnert ihr euch? Es kommt eben darauf an, womit man das vergleicht: Kurt hat Claire mit seinem Elternhaus verglichen, da kam Claire gut weg. Wenn man aber ihr Verhalten an den Ansprüchen junger Leute misst, die anfangen, auf eigenen Beinen zu stehen, ist ihr Verhalten eine Zumutung. Das ist die Wahrheit."